叢書・ウニベルシタス　245

オマージュの試み

E. M. シオラン
金井　裕 訳

法政大学出版局

E. M. Cioran
EXERCICES D'ADMIRATION
Essais et Portraits

オマージュの試み／目次

ポール・ヴァレリー——完璧の災い

若かったころ、私は傲慢だった。その好むところといえば、わずかに哲学者たちと彼らのあやつる隠語だけだった。当時、ヴァレリーは神にも等しい存在だったが、私は黙殺し、見むきもしなかった。人々が彼に捧げる崇拝は私には場違いなものに、笑止千万なものにさえ見えたが、ついにある日、私はたまたま次のような短い文章に出会ったのである。「……一切であるという感覚、そして何ものでもないという明白なる事実。」これは私にとってひとつの啓示だった。私たちに消えやらぬ刻印を残す自明の理というものがある。つまり啓示がやって来るのは、逆説からではないのだ。したがってそれは一事件であった。そして私はこの事件の結果、ヴァレリーを、もちろん散文作家たるヴァレリーを読み始めたのである。なぜ散文作家のヴァレリーかといえば、彼が詩人として世に出たことが私にはとても理解できなかったからである。いま『若きパルク』を繙いてみる。すると、ある名状しがたい不快感を覚えざるをえないが、この不快感は、知のかぎりを凝らして練りあげられた、極度に困難な推敲（このめくるめく惨苦の推敲たるや、百におよぶ草稿を要したのだ）を前に、つねづね私の感じてきたものである。『若きパルク』を繙いてはみたが、読み続けることはできない。『海辺の墓地』を読み返してみようか。これも駄目だ。それはあまりに完璧にすぎ、生きていない。一般にフランスの詩の貧困ぶりは、ほとんど悲劇的である。ここにあるのは完璧さに対する、空疎な完璧さに対するあのつねに渝《かわ》らぬ、救いがたい好みである。この好みのゆえにフランスの詩は死ぬだろう。

ヴァレリーの場合、ことは単純ではない。というのも、彼の詩論は詩に対する犯罪であり、詩を危険にさらし不毛と化し、無能を崇め、無能を要求し、詩的行為を計算に、入念な計画に同一視しているからである。だが詩とは、これらを除いたすべてのもの、つまり未完成、爆発、予感、破局である。それはあの御満悦の幾何学でもなければ、血の気の失せた形容詞の連続でもない。こんなレース細工だの宝石だのをいまだにありがたがるには、私たちはだれしもあまりに深手を負い、失墜し、困憊をきわめており、おのが困憊のなかにありながら野人にすぎるのである。詩人に与えられた〈仕事〉という、あのむごい言葉、ヴァレリーはこの言葉に値する。彼ほど迷妄から醒めた人間が、どうしてこれほどの踏みはずしをしでかしたのか。教訓的な詩、実際のところこれこそ彼にふさわしい唯一のジャンルであっただろうが、彼はこういう詩をこそ試み、マラルメよりはルクレチウスを鑑とし、コントあるいはスペンサーの哲学を詩で書くべきだったろう。詩にはある特殊な不均衡が不可欠だが、彼はこういう不均衡に苛まれるという幸運には恵まれなかった。モラリストは詩人ではない。ところで、ヴァレリーはもっとも偉大なモラリストにも比肩しうるモラリストであり、おのれの秘密を非個人的な真実の域に高める術《わざ》の巧みさにおいて彼らにひけをとらぬモラリストである。これは彼のいくつかの警句集に徴しても明らかだが、これらの警句集の核心は、一見磊落《らいらく》をよそおっているにもかかわらず、冷酷であり、残酷でさえある。風俗について、あるいは一時代の様式について判断を下すこととなれば、彼はたちまちその才能をいかんなく発揮する。『ペルシャ人への手紙』に寄せた彼の序文は傑作である。「啓蒙」の世紀について書かれたものでこれ以上に簡明かつ印象深いものを私は知らない。ここには私たちの時代への、自由の障害と矛盾への暗示がみちている。のみならず私としては、ここに〈啓蒙専制主義〉の擁護を見届けたい気持である。ついでながら、〈啓蒙専制主義〉は、歴史の共犯者ならぬがゆえに、革命の共犯者たりえぬ醒めた精神を魅惑しうる唯一の制度なのである。

　知および生成という二重の意味におけるこの歴史に対して、周知のようにヴァレリーは終始一貫、熱狂的な敵対者であった。彼は歴史を告発し虐待することをやめなかった。だが皮肉なことに、彼にはきわだった歴史的な、そして政治的な嗅覚があり、多くの事件の意味をもののみごとに把握したのである。抽象に、あるいは超脱にえてして傾きがちな精神が、彼らにとってまったくかかわりのないはずの、そして事実かかわりのない情況をいかにみごとに理解しているかを知って、私たちはつねに一驚する。アンリ・ミショーは特に国際問題に関心を抱いているわけではないが、それでも中国あるいはアメリカについて彼のもらす何気ない言葉は、どんな権威筋の解説よりもはるかに詳細に教えるところが多い。ヴァレリーの作品のなかでもっとも古びることのないものは、時事問題への、現在への、歴史的情況への、要するに彼がもっとも忌み嫌っているものへの言及であるように私には思われる。これにはおそらくユートピアへの彼の不適応性がおおいにあずかっている。彼が傍観者の役割を演じているとき、まかり間違っても軽率さをさらけ出すような真似はしない。彼がいみじくも「必殺のもの」と名づけた明晰性は、彼においては一欠陥の栄誉を担うものであり、そして彼の意識の問題への関心、さらに正確にいえば〈意識の意識〉の問題への関心の起源を探ろうとすれば、この欠陥の内部をおいてほかにないのである。意識的存在とはひとつの災厄である。二重の意識的存在とは、二重の災厄を知ることであり、そしてこの災厄の直接の、不可避の現われは倦怠であり、選択の病いである。この倦怠を知ることがなかったならば、ヴァレリーは決してある種の深淵に近づくこともなかったであろうし、なかんずくパスカルの心中を見抜くあまりあれほど彼を恐れ忌み嫌うことはなかったであろう。パスカルを見舞った同じ危険、同じ困惑状態にわが身をさらしたくなかったからこそ、彼は内面の冒険に、あるいは形而上学的苦悩にただひたすら嘲弄をもってしただけなのだ。繰り返していうが、倦怠こそは彼の病い、彼の強迫観念、彼の生死にかかわる試練であった。そして彼が、その作品にある種の臭気をそえているあの不断の上品さのなかに逃げ込んだのは、倦怠から遁れるためだったのである。

実証主義者たち（彼は実証主義者だった）は、たやすく神学に与するものである。ヴァレリーは言葉をばおのれの神となし、そしてひとたび絶対が追い立てられるや、絶対の代用品にしがみつくすべての人々の例にもれず、言葉にわが身を捧げた。彼は外見に屈服し、ニュアンスにあれほど敏感だった彼は、言葉としての言葉の、あるいはお望みならば、〈形式〉の狂信者となった。これこそはまさに転落の一形式だった。だが今日、さらに由々しき転落といわねばならぬが、人々が信じているのはもはや言葉ではなく言葉の科学である。言葉に対する情熱に続いたものは言語学であった。精神の衰弱のほどがしのばれるというものだ。いずれにおいても、派生した二次的なものが本源的なものに、本質的なものにとってかわっている。すでにして言葉の偶像化は、由々しき変質の現われだった。だとすれば、第一の偶像化よりもけるかに堕落したこの第二の偶像化については何をかいわんやである。

詩が言葉で作られるというのけ真実ではない。言葉で作られるものなど何ひとつあるわけではない。言葉は付属品であり、きっかけである。このことはあまりに忘れられすぎているが、これこそ文学が——そしてすべてのことが——いまや久しく衰弱に見舞われている理由である。精神にかかわりのある事柄においては、他の場合と同じように、最低限の宿命は不可欠なのである。

ガブリエル・マルセル――ある哲学者の肖像

ガブリエル・マルセルの最大の幸運は、どこの大学の教師でもなかったことであり、きめられた時間に〈思考する〉必要のなかったことである。〈教壇〉は哲学者の墓であり、あらゆる生きた思考の死である。本質的なものはこれを制度化すべきではあるまい。大学とは精神の喪のようなものだ。哲学はアゴラで、庭園で、あるいは自宅で教えるものである。この最後のやり方こそガブリエル・マルセルの採ったものだが、それというのも、それは彼の気質に、彼が議論における自発的なもの、予期せざるものに寄せていた高い評価に一致していたからである。長年のあいだ、彼は自宅に若者たちを招いては、どんな話題でもいさいかまわず彼らとともに論じ合ったものだが、一見どんなに凡庸な話題でも意見交換の原因に、あるいはきっかけになりえたのである。彼はなるべく多くの人々にしゃべらせようとする。そしてその都度、しゃべっている相手のいい分を汲み取ろうとする。大抵は彼がひとつのテーマを提出し、それについて手短に要約してみせるが、それが見解の表明であるときもあれば、見解の概要であるときもある。そしてそれがすむと、彼はただちに解答を求め、反論をそそのかす。実をいえば、彼が反論をそそのかすのは哲学に限られたことではなく、すべてにおいてなのだ。〈異論〉は彼の日々の糧であると断言してもよい。つまり彼はそれなしにすますことができないのであり、生きるために、行動するためにそれが必要なのだ。『形而上日誌』の著者、独白が必要不可欠の作品のあの著者は、実生活においては対話の熱愛者であり、したがって押しつけがましくもったいぶった一切の思想、大袈裟で思いあがった、居丈高の一切の思想の敵対者である。彼はまさに〈教師〉とは正反対の人間だ。つまり御託宣を下さず、おのれ自身の思考の不意打ちに従い、そしてそうすることによって、自分の話し相手に突然おとずれてくるあらゆる思考を尊重するのである。教師であることは、しかつめらしい、もったいぶった流儀をおのれに課することにほかならず、一種の優越性を装うことにほかならないが、幸い、ガブリエル・マルセルはそんな才能などひとかけらももち合わせていない。自制し、絶えず言動を慎むこと、これは彼の唾棄するところであり、そんなことより爆発こそ彼には願わしい。そして事実、彼はいとも容易に爆発するのだ。憤怒は彼の日常の自然状態であり、現世と外延を共にする不正を前にしたとき彼の執る態度である。彼はストア派の分別の、それにまた気取った、これ見よがしの、傷つくことを知らぬあらゆる態度の対極にあり、愚鈍や傲慢に憤激するとき恐るべき人間と化する。聴衆で立錐の余地のない、パリのあるサロンで行われた討論会での彼の発言を私は決して忘れることはあるまい。討論会では、ある慈善団体のことが論じられていたが、その団体はキリスト教を標榜しながらも、いくつかの点でキリスト教を逸脱していた。出席していたひとりの司祭に意見が求められた。司祭は意見を述べたが、そこに居合わせたカトリックの信者たちに、異端のおそれのある運動との一切の結託を警戒するよう、不愉快な、ほとんど喧嘩腰の口調で述べ立てたのである。彼は、くだんの運動の支持者たちが最大限に尊重している慈善事業を、このさい考慮すべきであるとさえ思ってはいなかったのだ。司祭がしゃべり終ると、マルセルはただちに発言を求めた。そしてかつてない激しい、明晰な口調で、哀れな司祭を粉砕してのけたが、司祭はたちまち聴衆のなかで〈孤立〉してしまったのである。こんなに激しやすい哲学者が国会に出たならば、一介の傍観者の役割などにはとどまらず、かくかくたる足跡を、いや波瀾万丈の足跡をさえ残したであろう、と私が合点したのはこの日のことである。

私はこれまで何人かの哲学者に、そしてすくなからぬ作家たちにつき合ってきたが、つき合ってみて気づいたことは、彼らが他人に関心を寄せるのは、他人のうちに自分の崇拝者を、弟子を、あるいはたんなる追従者を見届けているそのかぎりでのことにすぎないということである。それというのも、作者というものはいずれも、分別を見失うほど自分の作品のとりこになっているからであり、どんな場合でも、自分の作品をほのめかすことをやめないからである。「私のこういう本を御存知ですか」――これが、これらの悪魔につかれた人間たちのあいだでしばしば耳にする問いである。この問いがひとりの小説家からのものであれば、どうにか我慢もできようが、ひとりの哲学者から発せられたものならば、とても我慢できるものではない。そしていっておかねばならないが、ガブリエル・マルセルがこういう問いを発するのを私は実際ただの一度も聞いたことがないのである。

他者の生存への興味から、彼は個々の人間の〈存在〉に、被造物たる人間のうちにある比類なきもの、かけがえなきものに、あえていえば私の〈自己〉に関心を寄せている。それは優しさによる認識である。ところで、彼は激しやすく同時に優しい。激しやすさと優しさとがめったに両立しないものであるのを知るとき、この逆説は注目すべきものである。優しさとは、往々にして穏やかで落ち着いた、ゆったりとした人々に見られるのである。これに反し、マルセルの優しさには反射運動の早さがある。つまり私のいう意味は、他人を援けるために何かをなし、仲介し、自分の仕事を中断し、駆けつけ、心配しなければならないようなとき、彼が〈熟慮反省〉する姿などかつて一度たりとも見たことがないということである。〈追つめられて〉、進退きわまり、出口をさがし求めている人間ならだれであれその話を聞いてやろうとつねに心がけている彼は、聴聞司祭と外交官の才能を要するような仕事のために、信じられないほど多大な時間を犠牲にしてきたのである。

対話への、コミュニケーションへの情熱は、著作家あるいは劇評家の場合にはきわめて自然のものである。周知のように、ガブリエル・マルセルは両者を兼ねている。対話への嗜好のゆえに彼は何篇かの劇曲を書いたし、省察への嗜好は彼に演劇にかんする考察をうながした。私は彼と一緒にたくさんの芝居を観たが、あるものは優れたものであったし、あるものは議論の余地の残るものであったし、またあるものはいかにも貧しい箸にも棒にもかからぬものであった。しかしこれらの芝居のあるものが、どれほど貧しく腹立たしいものであっても、彼はつねに関心を失うことはなかった。というのも、ひとつにはその劇評をしなければならなかったからであり、さらにはまたいずれの場合においても、作品の弱点ないしはくだらなさの原因となっている本質的な欠陥を明らかにしたいと思っていたからである。かくも鋭敏な精神がなぜかくも凡庸な作品について考察することをうべない、一見かくも虚しい作業のために、その知性の資力を費やすのか、私はつねづね不思議に思っていたし、ときには驚いたものである。私はいま〈一見〉といったが、彼にとって芝居は気晴らしではなく、ひとつの経験（この場合、Erlebnis というドイツ語がふさわしいだろう）であるということを忘れてはならないからである。幕があがると、彼はたちまち別人になる。すなわち、彼が経験するのは興奮に似た一種の好奇心であり、失望が避けられないことが明らかになるにつれて弱まるにしても、しかし興奮はともかく、好奇心は落胆の後も消えない。私は最初の幕間で彼が外に出ようといいだすことを願って、幻想を抱くことはもうこれ以上不可能であり、芝居が神でさえ救いようのない駄作であることを何度となく彼にほのめかしたことを覚えている。しかし彼は劇評家であったから、私の示唆あるいは当てこすりは職業上の良心の抑えるところとなり、私たちは最後まで試練に耐えるのだった。別れぎわ、彼は私に向かって、こんな芝居に連れてきたのは遺憾だとかならずいいそえるのだった。実をいえば、私には自分の一夜を無駄にしてしまったという気持はなかった。というのも、完全な失敗作に終った芝居は、感動を覚えたり、あるいはただたんに面白がったりする一切の可能性を一挙に排除することによって、精神をまったく自由にしておいてくれるからであり、精神にさまざまの考察を、〈有益な〉妄想にひたることを許してくれるからである。

　ガブリエル・マルセルが前衛演劇におおむね不信の念を抱いているのは、前衛演劇の大多数の作品が明晰性を拒否し、締め出してさえいるからである。それらは、構成の欠陥が推奨され、意味が把えがたく、分かりにくいものであってはじめて興味が生まれてくるといったていの芝居である。欺瞞がつねに存在しうるのであり、ときにはそれが要請されることさえある。観客はもし楽しもうとすれば、共犯者の役割を受け入れなければならないが、これこそマルセルの好まぬことである。この手の芝居を観ると彼はきまって逆上したものだが、芝居が終ると、忿懣やるかたない口調でよくこういったものである、「俺は理解したいんだ、説明してほしいんだ！」と。——この場合、まかり通っているのはまさに不可解なのだから、説明すべきことなど何ひとつないのが通例である。もしこういった芝居にまやかしや欺瞞の疑いがなかったならば、それは哲学者の容認するものであろう。

形而上学者にはいかにも奇妙な、この芝居への執着の深い動機づけを、私はガブリエル・マルセルがつねに激しく感じ取っていた不安のなかに見る。つまり孤独に対する不安であるが、この不安は、人々が普通想像しているような哲学者、すなわちおのれの体系に沈潜し、世界から切り離された哲学者には、事実上、考えられないもののように見える。だがマルセルは、こういう哲学者とはまるで反対の人間である。彼は人を愛しかつ人から愛されることをいたく必要としており、愛情のある種の雰囲気を、人間の現存がかもし出しうるあの魅惑的なもの一切をなしですますことができないのである。孤独に快活に耐えるためには、人間を蔑視するすべを、あるいは憎むすべを知らなければならず、なかんずく劇にまで高められた友情崇拝を無視するすべを知らなければならない。そしてまた、ある種のシニシズムは、これを犠牲にしなければならない。ガブリエル・マルセルは私の二十年来の知己であり、そして私たちは実際、隣人でもあるから、よく顔を合わせる機会がある。にもかかわらず私は、ふだんは皮肉屋な彼から一度としてシニックな言葉を口にするのを聞いたことはないのである。

戦闘的な精神の持主たる彼が生活においても思想においても愛するものは〈困難〉である。彼にとって世界はそのまま問題のテーマであり、彼はこれらの問題に、最近の例を挙げるならばハイデッガーとは異なる方法で取り組むのである。ハイデッガーは困難に逢着すると、きまって困難を隠蔽するような、そして困難の回避を可能ならしめるようなひとつの言葉をデッチあげる。あるいはまた、もっともうさんくさい方法に頼る。つまり語源学を作りあげ、これをもののみごとに使いこなす。だがそれは濫用というべきものだ。なぜなら彼は言葉〈遊び〉をしているからであり、自分に都合のいいように言葉の意味をねじ曲げ、巧みに策を弄して言葉を〈利用〉しているからだ。このアクロバットはいかにも水際立ったものであり、そのためそこには深遠なところがあるように簡単に思い込まれてしまうのである。

ガブリエル・マルセルの方法は、彼の著作や会話に、あるがままの彼の思考に見てとれるように、これとはまったく異なるものである。彼の第一義的な関心事は、言葉の意味の定義である。しかし定義といっても、それは私たちに困難の克服を可能ならしめるような、あるいはそれの巧妙な回避を可能ならしめるような定義ではなく、思考の進展に応じて、段階を追ってなされる定義である。それはいわば暫定的な定義であり、徐々に確固たるものになるが、しかし決して〈凝固〉することのない定義である。対話の終った後でも、それは対話の始まったときと同じように不確かなものであるかも分からない。問題の重大さはもとのままであり、議論によってそれが〈軽減〉されたわけではないのだ。ある具体的情況を前にして、その情況をさまざまの方法で考察してはみたものの、正直いって自分の態度を明らかにすることはできないし、どんな判断を下すべきかも分からないといったことを、マルセルはよく口にする。この困惑の告白は、ことが形而上学の問題にかかわる場合は当然のものであるが、一般的に多少とも実際的な問題に取り組んでいる場合はそうではない。だがこの困惑は、直接的なもの、日常的なもののなかにおける、知的誠実さの、確信と懐疑とをゆきつ戻りつするあの複雑な歩みの、おのれ自身との分裂をきたした精神のあの絶えざる逡巡の、反映以外の何ものでもないのである。人々はマルセルの変り身の早さを批難し、彼が見解を翻すにいたったあれこれの場合を引き合いに出した。だが〈御都合主義〉なる言葉を思いうかべてはなるまい。マルセルの場合、ことは検討を経たのちの態度変更に、あるいはお望みとあれば、ひとつの〈開かれた〉精神の葛藤にかかわっているのであり、この精神は、話し相手はおろか敵対者の見解をもつねに理解しようとし、思弁的な理由であれ倫理的な理由であれ、譲歩が正当であると思えば、ただちに譲歩するのである。かかる精神をもちながら、どうして彼が執拗な、破滅的な懐疑に、精神の難破にもひとしい懐疑に沈淪せずにすんだのか、私はよく自問したことがある。懐疑主義に対する彼の抵抗は次のように説明することができると私は思っている。すなわち、懐疑家が問題を提示するのは、まず問題を提示する楽しみのためであり、次いで問題を暴き解体し、問題の虚しさを啓示する楽しみのためなのである。彼は解答不可能なものを前に悦に入り、あるいはそれにおぼれ込み、袋小路に酔っているのだ。極端なかたちの懐疑主義には、当然のことながら病的要素が含まれている。あらゆる懐疑家の例にもれず、マルセルも〈問題の快楽〉とでも呼べるものの何たるかを知らぬわけではないが、にもかかわらず懐疑家とは逆に、彼の場合、一切のものは内面的基盤をもち、内面性を分有しているという反対の面がある。これがなかったならば、混乱こそが彼の運命であったであろう。彼のような知性のタイプが一切のものを問題と化したとすれば、彼の存在の根底は、これとは逆に神秘を要求する。そしてこの神秘こそが、彼を不確実性に陥れ、彼を苦しめるかわりに、彼の生と思想とを〈救った〉のだ。彼のとりわけ好んだ詩人のひとりがリルケであることはたんなる偶然ではない。試みに思考のたどる歩みを、たゆみなく自己展開をとげながら、次々と無限に問いを生みだし、それでいて何ものにも、ひとつの障害、ひとつの休止にすら出会うことのない、あの思考の歩みを想像してみよう。迷いの刑罰を受けたくなければ、柵が必要だ。『オルフォイスに捧げるソネット』は、この限界を意味するのかも知れない。この……無限の限界を。

「私たちはそれぞれ普遍的な無意味さを仮定したくなるような瞬間を経験した」と、ガブリエル・マルセルは一九四三年五月十二日に書いた。彼の著作の、そしてまた彼の生の深い意味は、あらゆる誘惑のなかでももっとも恐るべきこの誘惑の拒否であるといえよう。というのも、この誘惑は私たちの否定的状態の結果であり、私たちの倦怠の、私たちの存在のあらゆる欠陥の結果であるからである。のみならず、この誘惑には病的側面があり、そしてそれがこの誘惑に、あらがいがたい危険な魅惑を与えているのだ。生ある者が存在への嗜欲をもつのは自然である。だから生ある者があらゆるものに意味を求め、意味を見つけだすのはたやすいことだ。この嗜欲が偏り、倒錯したさまを、というかただたんに衰弱したさまを想像してみよう。すると、かつて意味をもっていたものは、いまやその意味を喪う。そしてこの致命的な地滑りはいよいよ勢いを増し、ついには実存と意義とのまったき乖離にゆきつき、再び両者を一致させる可能性はなくなる。もしガブリエル・マルセルに信仰がなかったならば、そしてまた、もろもろの執着や信念を保持し作りだそうとするあの要求をつねづね感じ取っていなかったならば、彼はおそらく無意味さに対する執拗な、長期にわたる経験を避けることはできなかったであろう。ニヒリズムというものが決して逆説的な、あるいは途方もない立場ではなく、神秘との内的なかかわりを失ったあらゆる精神が追いつめられた当然の帰結であり、神秘というこのつつましやかな言葉が絶対を意味しうるとすればなおさらのことである。

周知のように、プルーストはひとつの質問表を作っているが、この表には作家が自分の考えを表明すべき事項が書き並べられている。この質問表に対するガブリエル・マルセルの回答のなかで、とりわけ私の注意を惹いたものが二つある。「どんな仕事が好きですか」という質問に、「書くこと、そして音楽を聞くこと」と彼は答えている。「どんな職業につきたかったのですか」という第二の質問には次のように書いている、「全身全霊を音楽に捧げた作曲家」と。また別のところには、音楽は彼の存在の「先天的構成要素」のひとつかも知れないと書いているが、私としてつけ加えておけば、音楽は、すくなくとも精神の次元において、彼の人生における決定的な〈出会い〉であったといっていいだろう。

私たちはモンテヴェルディからフォーレやロシアの偉大な作曲家たちにいたる音楽をよく一緒に聞いた。音楽は彼を存在の別の領域に、ある高みに拉し去ることに私は気づいたが、哲学がこの高みに達しうるのは、何らかの極限を垣間みたあとで、中断符にうったえるのを余儀なくされるときにかぎられる。……プルースト、ことが啓示に富んだ経験にかかわる場合にはつねにプルーストを引き合いに出さなければならないが、そのプルーストの考えによれば、もし人間に言葉の才能が与えられていなかったならば、音楽が人間どうしの唯一の伝達様式になったであろうということである。ガブリエル・マルセルが自作の即興曲に触れながら、これらの即興曲のおかげでおのれ自身の最深部に、「あたかも生者と死者の境界が消え失せ、あえていえばこういう日常的な対立が根底から廃棄されたひとつの世界に自分が参入しているかのように、まさに一切が生起する」あの地点に達するのだと告白するとき、彼はプルーストとほとんど同じことを確信しているのである。

マルセルはショーペンハウアーを尊敬してやまなかったが、それはとりわけショーペンハウアーが音楽にまさに常軌を逸した地位を与えていたからである。音楽に比べれば、一切の哲学はなんと色あせて見えることか！　哲学者であるという恥辱は、ガブリエル・マルセルの秘められた傷である。そして何よりも音楽を愛する者が、音楽家とは別の人間になってしまったことを悲しんでいるのはまぎれもないことである。名状すべからざるものに間近に接した哲学者は、自分が音楽家でも詩人でも神秘家でもないという悔恨にさいなまれる。〈失墜〉としての哲学！　哲学者たちにとって幸いなことに、すべての哲学者たちがこの眩暈に達するわけではない。だがこの眩暈に近づいた者は哲学にひとつの分裂を導き入れ、そしてこの分裂が哲学の名誉を復権させもすれば、哲学を人間化するのでもある。

私は、愚痴をこぼしたり気をもんだりするマルセルの姿にめったにお目にかかったことはない。十年ほど前、彼は重い手術を受けなければならなかったが、そのときでさえ、手術についてはほんのゆきがかりに口にするだけで、不愉快な事件以外の何ものでもないかのようだった。そして手術前も手術後も、会話を別の話題に導いたものだが、それは何も自分を勇気づけるためではなく、病者のエゴイズムを嫌っていたからである。言葉が出たから勇気についていえば、彼の場合は無謀という言葉を使ってもよい。七十六歳のとき、彼はアメリカおよび日本で二か月にわたる講演旅行を企てた。その期間中ほとんど毎日、一回の講演を行い、講演がすめば、討論とレセプションに臨んだ。友人たちはだれもこの企てを無謀だと思ったが、それがかなり深刻な疲労をもたらさずにはおかなかったことを見れば、実際それは無謀なものだった。彼の姿からもそれはうかがえた。旅行に出る二、三日前、彼には旅行に出たら二度と生きて戻れないのではないかという予感があったが、それでも旅行に出る前夜、不安を克服し、彼はためらうことなく冒険に身を投じたのである。旅行から彼はかなり落ち込んだ状態で戻ってきた。もっともそんな状態が続いたのもほんのわずかのあいだだけだった。やがて彼はいつもの活動を再開し、あらたな義務を、つまりあらたな講演旅行を受け入れたからである。

記憶力と好奇心とが驚嘆すべきものであるかぎり、年齢《よわい》を重ねたという事実は、いってみれば重要なことではない。一九六八年、美しいセレ渓谷の徒歩旅行から帰ってきたとき、私はその地方に点在する村々の名前を大方忘れ去っていたが、マルセルは、その地方を最後に訪れたのが一九四三年だというのに、村々の名前をひとつのこらず私にいってみせた。また別の折、ブルームスベリー学派のことが話題になったとき、私は彼にバートランド・ラッセルの『自伝』のことを話した。彼は『自伝』を読んではいなかったが、それもそのはずで、特にラッセルを好まず、それに実証主義と名のつくものは論理実証主義であれなんであれ好んではいなかったからである。私は話をしながら絶えず自分の記憶にたぶらかされて、一瞬、カトリンの姓が想い出せなくなってしまった。するとマルセルはすぐさまモレルとつけ加えたのである……こういった彼の記憶力を示す事例ならいくらでもお目にかけることができよう。この力こそ彼が人々に、そしてさまざまの場所に抱いている誠実さの理由なのだ。〈不誠実な人間〉とは、覚えていない者、あるいはもの覚えの悪い者の謂だ。さらには記憶力は倫理的生の条件そのものとみなすこともできるとさえいえるだろう。

好奇心についていえば、彼が世界に対して一貫して開かれた態度をもち続けているのは好奇心によるのである。健康の不安が避けがたかったにもかかわらず、彼はいかなる瞬間にも倦怠の印象を与えることはなかった。私のいう意味は、倦怠への同意のことだが、これこそ老年の顕著なしるしである。フォントネルの嘆いたあの「存在の困難」、マルセルがこれを感じ、また感じ取りうるとも私は思っていない。なぜなら、彼は生の流れのなかに、言葉の崇高な意味での〈現実〉のなかにいるからだ。どんなに繰り返してもいいすぎにはなるまいが、好奇心とは、私たちが生きていることの、まさしく生きてあることのしるしであり、この世界を絶えず高め豊かにし、この世界のなかに、実はそれみずからが投影してやまぬものを探し求めるのである。それは欲望の知的形式である。事実、無関心はもしそれがニルヴァーナに通じているものでなければ、もっとも憂慮すべき兆候である。ラテン・アメリカのある地方では、「何某が〈無関心〉になった」といって死亡を知らせる習慣がある。死亡通知状のこういう婉曲語法には、深遠なひとつの哲学が隠されている。

ヴィニーの作品を知らないロワイエ＝コラールが、そのヴィニーに向かっていった言葉はよく知られている。「この歳になると、もう新しいものは読みません、昔読んだものを読み返しています」というものだ。ガブリエル・マルセルの知的活力のもうひとつの特徴といってもいいが、彼は再読する以上に新しいものを読んでいる。出版されたばかりの政治書や小説に関心を寄せ、もともと熱中しやすいたちだから、あれこれの作品にたちまち夢中になってしまう。読みすすむにつれて幻滅する羽目になると、幻滅した自分が正しかったのだと考えるのである。彼は三十年以上にわたって、外国の小説の双書の監修にあたった。小説作品の平均の値段がどのくらいか分かってみれば、これはひとりの哲学者による前例のない偉業である。ある日、彼はため息まじりに、「これは最後まで苦労せずに読めた稀れな小説のひとつです」と私にいったが、それがどのような作品についてのことだったのか私はもう覚えていない。理論上、哲学は多くのことと両立しうるが、しかし実際には両立しうるものはほとんどない。哲学は不寛容である。というのも哲学には判決を下し、特権的立場をひとりじめにしようとする傾向が強すぎるからである。ガブリエル・マルセルが戦ったのは、哲学の罪ともいうべき、この絶えることなき簒奪に対してであった。

マルセルの生に対する態度、彼が生に抱いている基本的感情の定義を求められたならば、私としては、彼の抱いている〈ラディカルな非・仏教〉について語ることになるだろうと思っている。この言葉は私には十分明瞭なものに見えるが、ひとつの例を挙げてもっと分かりやすいものにすることができる。数年前、私は「古生物学」と題する一篇のエッセーを書いた。このエッセーはたまたま国立博物館を訪ねたことがきっかけで生まれたものだが、私が書いたのは骸骨に対するまったく特殊な親愛の気持と、肉体の特徴ともいうべき虚しさ、はかなさを前にして味わった一種絶望的な恐怖であった。私の立場はスウィフトや仏陀やギードレールといった人々の立場に近いものであり、つまりは死骸に対する嫌悪と固定観念の一種の混淆であった。マルセルは憤慨し、私に向かって、自分はこういうヴィジョンとはまさに正反対のところにいる者であり、肉体をこのように論じ、虚無と同一視することは容認できないといった。不死を想い描くのに何らの困難をも覚えない彼のような精神が、生を憎むなどということはありえない。なぜならば、彼が永続性の観念に固執するのは、もちろん純化された姿ではあるにしても、ほかでもないこの生を再発見するためなのだから。そして彼が死をめぐって考察のかぎりをつくしたのは、死を超越するためであり、死を越えたひとつの原理を発見するためであり、死を克服するためであった。彼の考えでは、死は限界ではありえなかった。なぜならば、彼は本能によって、そして感受性によって、死が時間の彼岸における人々の集いの障害であるとする考えを拒否したからである。だとすれば、彼にとって死ぬこととは死の克服にほかならず、自分の愛した人人を再発見し、彼らと再び相まみえることにほかならないともいえよう。私たちはまたしてもここで〈誠実〉の観念に出会うが、この観念こそは、死を追放し、死はこれを雄々しく甘受することができるということを容認しないあのヴィジョンの中心に存在するのである。だとすれば、決定的な死を受け入れることは、エゴイズムの表明に帰着し、放棄と裏切りの行為に帰着することになるだろう。

一九七一年十一月

ベケット——何度かの出会い

ベケット、この切り離された人間の正体を見抜くためには、〈離れている〉といういい回し、彼の生活の一瞬一瞬のつねに変らぬ喑黙のモットーについて、このモットーから当然予想できる孤独とひそかな頑固さについて、仮借ない、果て知らぬ仕事を追究しているひとりのあけっぴろげな人間の本質について思いみなければならない。仏教では悟りをめざす人間について、〈柩をかじるネズミ〉のように執拗でなければならないといわれている。真の作家というものは例外なくこういう努力をするものだ。作家とは生存を誇張する破壊者、生存の土台を掘り崩しながら生存を豊かにする破壊者である。

「私たちが地上で過ごさねばならぬ時間は、自分自身をおいて他のものに使うほど長いものではない。」ある詩人のこの言葉は、非本質的なものを、偶発的なものを、他者を拒否する者にはだれにでもあてはまる。ベケット、すなわちおのれ自身であることの卓越せる術《わざ》。しかもここにはどんな明白な思い上がりもなければ、自分を比類を絶したものであるとする意識に固有のどんな痕跡もない。つまり愛想なる言葉がもし存在しないなら、彼のために発明しなければなるまい。ほとんど信じがたい、いや途方もないことだが、彼はだれであれ人をくさすことがない。彼は悪意の衛生上の機能を、その有益な力を、捌け口としてのその長所を知らない。彼が友人たちを、あるいは敵を非難攻撃するのを私はいまだかつて聞いたことがない。これはまさに優越の一形式だが、これゆえに私は彼に同情しているのであり、彼にしても無意識裡にこれに苦しんでいるに違いない。もし私に中傷が禁じられたなら――なんという混乱が、不安がもたらされることか！　この先なんという紛糾のもたらされることか！

彼は時間のなかに生きているのではなく、時間と平行して生きている。私があれこれの事件について彼の考えを尋ねてみようという気持についぞなったことがないのはこのためだ。歴史とは、人間がそれなくして済ますことのできる一次元であるということを合点させてくれる人間がいるものだが、彼はそういう人間のひとりなのである。

彼がその創造にかかわる主人公のような人間であり、従っていかなる成功をもおさめなかったとしても、彼はまさに同じ人間であるだろう。彼は一切のものに対しておのれの態度を明確にしたくないような印象を、成功や失敗の観念にはひとしく無縁であるような印象を与える。「彼を見抜くのはなんと難しいことか。そしてなんという才能なのだろう！」、彼のことを思うたびに、私はいつもこう考える。かりに何ひとつ秘密をかくしていなくとも、それでも彼は私の眼には「窺い知れぬもの」と見えるだろう。

私はヨーロッパの片隅に生まれた。そこは放蕩が、放埒が、打ち明け話が、求められたものではない直接の、下品な告白が必要不可欠なところであり、あらゆる人間について一切のことが知られているところであり、共同の生活がひとつの公の告解室に帰着するところであり、秘密などというものはまさに想像もできず、おしゃべりが妄想に隣り合っている、そんなところだ。

私がなぜ不思議なほどにも慎み深い人間の魅惑のとりこにならなければならなかったか、その理由を説明するにはこれだけで充分だろう。

愛想のよさは激怒と相容れぬものではない。友人宅での夕食の折、自分と自分の作品とについてこざかしい質問攻めにあったとき、彼は完全に沈黙を守り通し、最後にはとうとう私たちに背を——あるいはほとんど背を向けてしまった。夕食はまだ終ってはいなかったけれども、彼は立ちあがると出て行ったが、その思いつめた陰鬱な様子は、手術を、あるいは殴打を前にしたときのそれに似ていた。

五年ほど前、ギュイヌメール街でたまたま出会ったとき、仕事をしているかという彼の問いに接して、私は仕事をする意欲をなくしてしまったし、自分を表現したり、〈製作〉したりする必要はみあたらないし、書くことは私にとってひとつの刑苦だ、と答えたことがあった。……彼は驚いた様子だったが、ほかでもない書くことについて彼が喜びという言葉を使ったときには私の方がずっと驚いた。彼はほんとうにこの言葉を使ったのか。そうだ、それはたしかだ。同時にまた私は、さらに十年前、私たちがリラ園ではじめて会ったときのことを思い出した。そのとき、彼が私に打ち明けたのは彼の抱いている大いなる倦怠感であり、言葉からはもう何も引き出すことができないという想いだった。

……言葉、彼ほど言葉を愛した者がいるだろうか。言葉は彼の仲間、彼のただひとつの支柱だ。彼はどんな確信とてひけらかすことはないが、その彼が言葉のなかではいかにも揺ぎない人間であるかのようだ。彼がときおり見せる失望の発作は、おそらく彼が言葉を信じられなくなった瞬間に一致しており、言葉が自分を裏切り、自分から逃げ去って行ってしまったと想像する瞬間に一致している。

言葉が立ち去って行ってしまえば、彼は無一物であり、もはやどこにも存在しない。「沈黙を通して落ちる沈黙のしたたり」――『名づけられないもの』のなかで言葉についていわれているように、彼が言葉にかかわり、言葉を詮索しているあらゆる場面に印をつけ、列挙しておかなかったのが悔まれる。脆さの象徴たる言葉が不壊なる土台と化しているのだ。

フランス語の作品『なし』(*Sans*)は英語では『レスネス』(*Lessness*)となっているが、この語彙は、これに相当するドイツ語〈ロジヒカイト〉(*Losigkeit*)同様ベケットによる造語である。

この〈レスネス〉という言葉(ベームの深淵 Urgrund と同じようにはかり知れないものだが)に魅惑された私は、ほぼこれに相当するフランス語を見つけ出せないでは眠るにも眠れないだろうと、ある晩ベケットにいったことがある。……私たちは二人して〈サン〉と〈モアンドル〉(moindre)という二つの言葉で暗示されるあらゆる可能性のある言葉のかたちを考えてみたが、どれひとつとして欠如と無限とが混じり合い、頂点《アポテオーズ》の同意語たる空虚に相当する汲みつくしがたい〈レスネス〉に近いものとは見えなかった。私たちはむしろ絶望して別れた。自宅に戻っても、私はこのあわれな〈サン〉を頭のなかで、こねくりまわし続けた。あきらめようと思った瞬間、ラテン語〈シイネ〉(sine)の方をあたってみるべきだという考えがひらめいた。翌日、私は〈シイネイテ〉(sinéité)こそどんぴしゃりの言葉のように思われるとベケットに手紙を書いた。すると彼もまた同じことを、おそらく同じ瞬間に考えていたという返事が来た。しかしはっきり認めておかねばならぬが、私たちの掘り出しものは掘り出しものではなかった。私たちが意見の一致をみたのは、この探究は放棄しなければならず、不在それ自体を、純粋状態の不在を表明することのできるフランス語の名詞は存在しないということであり、前置詞の形而上学的貧困を甘受しなければならないということだった。

いうべきことを何ひとつもたず、おのれ固有の世界をもたぬ作家たちとの話題といえば文学にかぎられる。ベケットが相手の場合、そんなことはきわめて稀であり、事実上めったにない。日常のどんな話題（物質上の困難とか、あらゆる種類の厄介ごと）も文学よりはずっと彼の関心をそそるのだ――もちろん会話の場合だが。いずれにしろ彼に我慢がならないのは、例えば、これこれの作品はこのさきも残るとお思いですかとか、だれだれは現在の地位に値するとお思いですかとか、XとYとでどちらが生き残るでしょうか、どちらが偉大なのでしょうか、といったたぐいの問いである。すべてこの手の評価は彼をいらだたせ、うんざりさせる。ある夜会の食卓で最後の審判の奇怪な解釈にも似た議論が行われたことがあったが、殊のほか不快なその夜会が終ったあとで、彼は「こんなことがいったい何の役に立つというのか」と私にいったことがある。もちろん彼が自分の本や戯曲について自分の意見を述べるようなことはない。つまり彼にとって大切なことは、克服された障害ではなく克服しなければならぬ障害なのである。彼はいま自分がなしつつあることと完全にひとつになっているのだ。もしひとつの戯曲について問われるならば、彼が力説してやまないのは作品の主題でもなければ意味でもなく、演技であり、彼はそのどんな小さな細部をも、一分ごとに――一秒ごとにというところだった――思い描いているのである。あえぐ声だけが舞台空間を圧倒し空間にとってかわる戯曲、『私じゃない』を演じたいと思っている女優が当然みたさねばならぬさまざまの制約について、彼は私に説明してくれたことがあったが、そのみごとな説明ぶりはおいそれとは忘れられないだろう。あの取るに足りぬ口、しかも伸びひろがり偏在する口を彼がありありと思いうかべていたとき、彼の眼はどんなに輝いていたことか！　まるで究極の変身に、ピューティアーの最後の転落に立ち会っているかのようだった！

生まれてこのかた、私は墓地の愛好家であり、ベケットもまた墓地を愛していることを知っていた（想い起こせば『初恋』の冒頭は墓地の描写であるが、余談ながらこれはハンブルクの墓地である）。そんなわけで去年の冬、オプセルヴァトワール通りで会ったとき、私は彼に、ついさき頃ペールラシェーズ墓地を訪れたこと、そしてそこに埋葬されている〈人物〉のリストにプルーストの名前がみあたらぬことを知って憤慨した旨を話した。（ついでに申しそえれば、私がベケットという名前をはじめて発見したのは、およそ三十年前、アメリカ図書館でプルーストにかんする彼の小さな本にたまたまお目にかかった日である)。そのときどうして話題がスウィフトに及んだのかは分からない。もっともよく考えてみれば、スウィフトの冷笑の陰気な性質からして、それはなんら異とするには当らぬことだったかも知れない。ベケットが私に語ったところによれば、彼はいま『ガリヴァー旅行記』を再読しているところであり、「フィヤマン国」が、なかでも牝のヤフーが近づくにつれて恐怖と嫌悪でガリヴァーが錯乱する場面が特に好きだということだった。彼から教えられたことだが——これは私にとっては大きな驚きであり、なかんずく大きな幻滅だった——ジョイスはスウィフトを好まず、しかもベケットの付言するところによれば、大方の考えとは反対に彼は風刺への好みはまったくもち合わせていなかったということだった。「彼は反抗したことなどついぞなかった。彼は無関心ですべてを受け入れていた。彼にとって爆弾の落下と一枚の木の葉の落下とに何の相違もなかったのだ……。」

これはみごとな判断だが、その鋭さ、その怪奇な密度から私が想い出すのは、アルマン・ロバンの判断、ある日、私が彼に寄せた問いへの回答として示した判断である。「あなたは多くの詩人たちを翻訳されましたが、あらゆる賢者のなかでももっともポエジーにみちた荘子をなぜ訳してみようとはなさらないのですか。」——「それはよく考えることです。けれども比較できるものとてはスコットランド北部の裸の風景以外にない作品をどうして訳せましょうか」と彼は私に答えた。

ベケットを知ってからというもの、彼が自分の創造になる人物たちと保ちうる関係について私はなんど自問したことだろうか（これが執拗な問いであり、かつかなりおろかな問いであることは自分でも承知している）。彼らに共通のものがあるのか。これ以上に根源的な差異が想像できようか。人物たちの存在のみならず彼の存在も、『マロウンは死ぬ』で引き合いに出されている〈鉛色の光〉に浸っていると認めなければならないのか。私には彼の作品のひとつならぬ部分が、ある宇宙的時代の終焉後のモノローグのように見える。ある死後の宇宙への、一切のものから、その呪詛からさえも放免された悪魔の夢みたあの地理への参入感！

自分たちがいまだに生きているかどうかを知らず、とてつもない疲労に、（ベケットの好みにそぐわない言葉を用いれば）この世のものならぬ疲労にとらえられた人物たち、彼らはいずれもひとりの傷つきやすいと思われる人間、羞恥心から不死身の仮面をつけたひとりの人間によって考え出された者たちだが――彼らをその作者に、その共犯者に結びつけている絆について私にひらめくものがあったのは昔のことではない……そのとき私が視たもの、というより感じ取ったものは、これを分かりやすい言葉に置きかえることはできないだろう。にもかかわらず、そのとき以来というもの、彼の主人公たちが発するどんなささいな言葉も、私にある確かな声の抑揚を想い起こさせるのである。……しかし急いで付け加えることにするが、啓示とは理論におとらず脆いものでもあれば、偽りのものでもありうるのだ。

私たちがはじめて出会ったときから、私は彼が〈極限〉にたどりつき、そしておそらくはそこから、不可能なるもの、例外的なるものから、袋小路から始めたことを知った。そして感嘆すべきは彼が動かなかったことであり、いったん壁を前にしてもつねに変らぬ雄々しさを失わずにいることである。出発点としての限界状況、到来としての終焉！　たとえ私たちの世界が消えてなくなるようなことがあるにしても、彼の世界、あの痙攣をきたし、死に瀕した世界は無限に続いてゆくのではないかと思わざるをえないのはこのためだ。

私はヴィトゲンシュタインの哲学にことさら関心をもつ者ではないが、ヴィトゲンシュタインという人間にはある種の情熱を抱いている。彼について私が読んだものには例外なく私を感動させずにはおかぬものがある。私は一度ならず二人に共通の特徴を見出した。二つの不思議な幽霊、二人の奇才、彼らがかくも常軌を逸し、うかがい知れぬ者であることは願ってもないことだ。二人には人間と事物からの同じ距離、同じ不屈さがあり、沈黙への、最後には言葉の放棄への同じ試みがあり、いまだかつて予感されたことのない限界へ果敢に挑戦せんとする同じ意志がある。別の言葉でいえば、彼らは

「砂漠」に魅せられていたのだ。いまでは周知のことだが、ヴィトゲンシュタインは、ある時期、修道院へ入ることを考えていたことがあった。ベケットについていえば、数世紀後、彼がどんなわずかな飾りも、十字架とてないむきだしの小部屋にいる姿が実によく想像できる。これは私の戯言だろうか。それなら、彼がある種の写真をみつめているときの、あの遠い、謎めいた、〈非人間的な〉まなざしを思い出していただきたい。

いうまでもないことだが、私たちの発端は重要だ。けれども私たちが自分自身へ向けて決定的に歩み出すのは、私たちがもはや起源をもたず、伝記に盛るべき素材を神ほどにもたぬときにかぎられる……ベケットがアイルランド人であるということは大切だが、しかしまたまったくどうでもいいことだ。彼を〈アングロサクソンの典型そのもの〉といったら、たしかに間違っている。いずれにしろ彼にとってこれほど不快なことはあるまい。戦前、彼はロンドンに滞在していたが、それが悪い想い出になっているのだろうか。思うに彼はイギリス人を〈俗悪〉と決めこんでいる節がある。この判決は彼が表明したものではない。彼のルサンチマンとはいわぬまでも彼の抱いているいくつかの留保条件の要約として私が彼にかわって表明するのだが、とはいってもこれを私の責任で引きうけるわけにもいくまい。おそらくバルカン人の錯覚かも知れないが、私の見るところイギリス人はもっとも生気に乏しい、もっとも脅かされた民族であり、したがってもっとも洗練された、もっとも開花した民族であるからにはなおさらのことである。

不思議なことに、ベケットはフランスをまるで自分の家のように感じているが、しかしすぐれてフランス的美徳、まあパリ風といってもよい美徳、つまりある種の冷淡さに似たものは実際には何ひとつもちあわせていない。彼がシャンフォールを韻文に直したことは意味深いことではあるまいか。もっともシャンフォールを全部直したわけではなく、いくつかのマクシムだけだが。この企てはそれ自体注目に値するものであり、しかもほとんど想像を絶するものであり（モラリストたちの骨と皮ばかりの散文を特徴づけている叙情的息吹きの不在を思うなら）、ひとつの告白に、私をしていわしむればひとつの宣言に相当するものだ。謎を秘めた精神はつねにわが意に反してその本質の内奥をさらけ出す。ベケットの本質にはポエジーと見まがうほど深くポエジーがしみ込んでいる。

思うに、ベケットは狂信家にも劣らぬ確固たる意志の人だ。よしんば世界が崩壊したところで、彼はいま手がけている仕事を放棄することはあるまいし、主題を変えることもあるまい。本質的な問題において、彼はおそらく不屈である。その余の一切のこと、非本質的なことに対しては、彼は無防備であり、たぶん私たちのだれよりも、いや彼の作中の人物たちよりもずっと弱い……以上のノートを書き綴る前に、私はマイスター・エックハルトとニーチェが異なった見地から〈高貴な人間〉について書いたものを再読してみるつもりだった。——この計画は実行されなかったが、しかし私は自分がこの計画を思いついたことを片時たりと忘れてはいなかったのである。

一九七六年

サン＝ジョン・ペルス

「あらゆる事物において突然に消えてなくなるもの、けだしあれは何か、おお！　あれは何か。」——問いが提出されるや詩人は、問いが通じている深淵に愕然とするように問いの由来した明証性に愕然とし、たちまち問いそのものに向きなおり、そして問いを危険にさらし、油断もすきもないその権力を破壊するために、問いに戦いを挑むだろう。この戦いの詳細と有為転変については、例えば「魂についてのほかに物語《イストワール》は存在しない」というあの抽象的な打ち明け話がどんな秘密を秘めているのか分からないように、私たちには分からない。自分の身の上話《イストワール》の公表は詩人の好まぬところだから、私たちとしてはそれを推測してみるか、デッチあげたりしてみなければならないのだが、彼はいさぎよく公表した告白の背後にさえその身を隠しており、その流謫の〈純粋な鍵〉に私たちが触れるのを望んではいないのである。彼は慎みから本音を吐かず、かといって明快さを放棄するつもりも透明さを犠牲にするつもりもまるでなかったから多種多様な仮面を被ったが、彼が直接的なものや限定されたものの内部に、限界でもあれば限界の承認でもあるあの理解しやすさの内部にもとどまらなかったのは、無意味への詩的序曲ともいうべき曖昧なるものに与するためではなく、〈存在につきまとう〉ためであり、それが彼にとっては欠如に対する激しい恐怖を、一切の事物において〈姿を消す〉ものの衝撃的な知覚を回避する唯一の方法なのである。めったに与えられず、ほとんどつねにかち取られたものである「存在」は、まさに大文字の名誉に値する。この場合、「存在」の征服はいかにも華々しいものであって、ひとつのプロセス、あるいはひとつの戦いよりはむしろひとつの啓示に由来するかのようだ。驚きが、スナップ・ショットの印象がひんぱんに見られる所以である。「そして突然すべてのものは私にとっては力であり現存であり、そこではいまだに虚無のテーマがくすぶっている。」――「海そのものも、突然の喝采のようだ……」さきに引いた深遠な問いとは別に、唐突さが強調されることになるが、それは現実的なるものの出現とその絶対的な支配とを強調し、生命なきものの変容を、空無に対する勝利を際立たせるためなのだ。

流謫を歌い、可能のかぎり〈私〉をかえるに〈異邦人〉をもってしながら、にもかかわらず世界と折れ合い、世界にしっかりと腰をすえ、世界を自分のメガホンにすること、これこそつねに勝利してやまない叙情詩の逆説である。そこではひとつひとつの言葉が事物の上に身をかがめ、事物を翻訳しては、事物には約束されていたとは思われぬ秩序へ、決して征服されることのない肯定の奇蹟へ事物を引きあげ、多様性の讃歌のなかに、〈一者〉の光りかがやくイメージの讃歌のなかに事物をつつみ込むのである。学殖ゆたかなものにして無垢、入念にして生《き》のままの叙情詩、活力の知恵から、自然の力に対する学問的陶酔から生まれた、前ソクラテス的にして反聖書的なこの叙情詩は、名辞をもちうる一切のものを、言語――このまことの救い主――が働きかけうる一切のものを聖なるものと同一視する。事物を正当化するとは、事物に洗礼をほどこすことであり、事物をその闇から、その無名性から切り離す試みにほかならない。この試みに成功するかぎり、この叙情詩は一切の事物を、現代の都市そのものにほかならぬあの「汚物とスクラップのゴルゴダ」さえをもいつくしむことだろう（たとえ当てこすりとはいえ、キリスト教的用語を用いることは、本質的に異教的な作品では奇妙な効果がある。）

「詩」とは一造物主の流出でもあれば註釈でもあるが――ペルスの考えでは、それは文学の領域に入るものであるとともに宇宙開闢説の領分に入るものでもある――さながら宇宙のように作りあげられてゆくものだ。つまりそれは自然の諸力を産みだし、列挙し、渉猟しては、おのれの本質のなかに取り込むのである。おのれ自身の力で存続する閉ざされた詩、にもかかわらず開かれた詩（「黙《もだ》せる全民衆が私の言葉のなかで立ちあがる」）、御しがたくもあれば同時にまた御しやすくもあり、自立していると同時に他に依存している詩、表現行為と同時に表現されたものに、みずからを享受する主体と同時に記録する主体に同じように結びついた詩、それはエクスタシーにして列挙であり、絶対にして目録である。ときとして私たちは、この詩が現実に深く参入しているものであることを忘れ、その形式的な側面を感じ取るのみで、あたかも詩が言葉の響きの魅力に尽きるものであり、客観的なもの、知覚しうるものには何ひとつ対応するところのないものとして読みがちである。そのとき、私たちの受動的な、魅惑された自我は、「それはサンスクリットのように美しい」と叫ぶが、このような言語の快楽にうちかつすべはないのである。だが繰り返すが、この言語は対象に密着し、対象のさまざまな外観を反映しているのだ。この言語が好む空間は、リルケに親しい〈Raum der Rühmung〉、つまり、あの称賛の空間であり、この空間にあっては、決して不足をきたすことのない現実的《レール》なるものは存在の過剰にいたり、一切のものが至高なるものにあずかっているのである。というのもそこでは一切のものが、否定とシニシズムの源泉たる交換可能性という呪詛をまぬかれているからである。

　生存に正当性が、あるいは価値があるのは、私たちが取るに足りぬものの水準においてすらかけがえなきものの現存を見届けうるときにかぎられる。これを見届けることのできぬ者は、生成のスペクタクルを一連の同等物と模造品に還元し、同一性の背景の上に繰りひろげられるさまざまの外観のたわむれに還元するだろう。彼は千里眼だと思っているが、そしておそらくそれに違いないのだが、しかし彼を見舞ったこの先見の明のために、彼は無意味なものと不吉なものとの間で大いに迷ったあげく、ついに虚しい反芻を繰り返すにいたり、皮肉を濫用し、好んで否認を行使するにいたる。彼はおのれの曖昧な苦渋に憎悪の密度を与えられぬことに絶望し、そればかりか「存在」の無効化に力を傾けることにも飽いて、称賛の冒険に参加した者たち、暗黒を掌握し、否定《ノン》への盲信にとらわれず、自分たちにとっては一切のものが重要であり、かけがえのない唯一無二のものであるがゆえに、あえて一切のものに同意する者たちへ向かうのである。「詩」はまさに唯一性を賛えるだろう。といってもそれは過ぎ去る瞬間の、明日をも知れぬ突然の出現の唯一性ではなく、そこにおいてそれぞれの事物の永遠の例外性が繰りひろげられる唯一性なのだ。この称賛の時にあっては、ただひとつの次元のみが存在する。すなわち、さまざまの時代を包含した無際限の持続、記憶を絶するほどにも古く同時にまた現在ただ今のものでもある瞬間――つまり現在のみが存在する。私たちは現世紀にいるのだろうか、それともギリシャあるいは中国の黎明期にいるのだろうか。こんなふうに年代を気づかって、幸いそんな気づかいなどあずかり知らぬ作品と作者にまみえることほど不当なことはない。「詩」と同じように、ペルスは時間を越えた……同時代者なのだ。

「私はそこで新しき神の出現に立ち会う最初のひとりとなるだろう。」

私たちからすれば、彼はすでに古き神々の到来と消滅とに立ち会っており、その彼がなおも別の神神の出現に期待を寄せているとすれば、それは予言者としてではなく想起する精神、そこにあっては記憶と予感とは逆方向に向かうどころか結びついてひとつになっている精神としてであるように思われる。彼はドグマよりも神託の近くにいるが（神の息吹きと足取りに、彼のデルフォイの方とも呼べるものに秘儀を伝授された者だ）、しかしいかなる信仰をも諾ってはいない。他人の神の前におそれかしこみ、彼らとその神を共にすることなどどうしてできようか。詩人が言葉を熱愛し、言葉の虚構を本質に変えるかぎり、彼は私的な神話学を、自分用のオリンポスを作りあげ、そこにおのれの意のままに神々を住まわせもすれば根絶やしにもするのである。これは詩人が言語について保持する特権であるが、言語の固有の役割と、その究極の機能とは神々を産みだし、かつ絶滅させるところにある。

詩人はひとつの時代に組み込まれてはいないが、同様に「詩」の「異邦人」も一国に定住してはいない。彼は、限りない祝祭に見舞われたいずことも知れぬ帝国を遍歴しているかのように見える。彼がそこで出会う人間たちが、そして彼らの習慣がおそらく彼を引きとめるが、しかしそれらは自然の力には及ばない。彼は書物のなかにさえ風を、そして「風の思考」を探し求め、そして風にも増して海を、通常、神の享受するさまざまの属性と利点、つまり「見出された統一《ユニテ》」を、「私たちのためにものとなった光」を、「その本質において取り押えられた存在」を、「光りかがやく切願《アンスタンス》」を……与えられた海を探し求めるだろう。海はその無限の生産力において（数々の点でそれはロマン派の「夜」を想起させないだろうか）、延べひろげられた絶対であり、うかがい知れぬ、しかも眼に見える驚異であり、底知れぬ外観の暴露となるだろう。「詩」の使命は、海のたゆたいと輝きとを模倣し、海のように未完成のなかに完璧を示唆することであり、「詩」もまた渦巻きさわぐ永遠、継起なき生成の、際限なくみずからに回帰する持続の内部における、過ぎ去ったものと可能事との共存たること、あるいはそのように見えることこそがその使命であるだろう。

　歴史的でも悲劇的でもないペルスのヴィジョンは恐怖からもノスタルジーからも自由だが、深淵に堕ちゆくがままにその苦しみをはぐくむかわりに、〈深淵に立脚〉した精神の戦慄を、強いおののきを含んでいる。彼にはパニックへの嗜好はまるでなく、あるのは空虚を克服したエクスタシーであり、恐怖に対する感覚的欲望である。彼の世界（そこでは肉体は形而上的地位を獲得している）からは善同様、悪は追放されているが、それというのも、そこでは生存はそれ自体のなかにみずからの正当化を見出しているからである。ほんとうに見出しているのか。詩人がこの点に疑念を抱き、「存在」の底のみならず海の底にも触れることができないと知ったとき、彼は言語の「大いなる磨耗」をきわめ、その深みを、その「年経た層」をさぐる意図のもとに言語に向かうのだ。沈潜が終れば、彼は波さながらに再び浮きあがってきては、「永遠に理解することのできぬ、句切りのないただひとつの長い言葉」を発するのである。

作品に一義的な意味が結びついているならば、作品は死を宣告されたようなものだ。註釈者たちの自尊心を満足させ、彼らの数をふやすことにもなる不明確さと曖昧さの、あの背光を奪われてしまえば、作品は明解さという惨事におちこみ、人々を困惑させることもなく、ほんらい凡庸な明白事が受けるべき侮辱をこうむることになる。もし作品が理解されるという恥辱を回避したいと願うなら、作品は反論の余地なきものと曖昧なるものとを調合し、不明確なるものに心をいたし、相矛盾したさまざまの解釈を、呆然たる情熱を惹起しなければならない。こういうものこそが生命力の指標なのであり、持続の保証なのだ。どんなにわずかであれ、作品がその位置している現実の位相を、反映している世界を解釈者に知らしめるようなことになれば、作品は死んだも同然だ。作品におとらず作者もおのれの素性を隠蔽し、本質的なものを除くおのれのすべてをゆだねなければならず、おのが呪術と孤独とに執し、おのが言葉に従う王者でなければならず、眼のくらんだ言葉の奴隷でなければならない。おのれの言葉のまぎれもない支配者たるペルスのごとき詩人でさえ、言葉の専制支配を受けており、言葉に魅惑されたあまり彼が言葉を自然の力に、あえていえば力そのものに同一視し、逃れがたい命令やむら気と同一視しているという印象はいかんともしがたいのである。

ところがここにこれとは正反対の、これまたきわめて正当な印象があって、右の印象は修正される。すなわち、私たちはペルスを読み込むに従って、ペルスには立法者の次元があることに気づくのだ。曖昧なもの、漠然としたものを体系化し、言葉をして規律に服せしめ……言葉を無政府状態から逸脱させ、あるいは麻痺状態から切り離し、かくして健康にもよければ活力をもたらしもする真実を担った言葉を私たちの救済に派遣せんと切望している立法者の次元が存在するのである。ヴァレリーとかエリオットとかいった詩人たちとは逆に（「灰の水曜日」はペルスの世界とはまさに正反対のものである）、彼は「非－存在の純粋性」とか「実証的時代のいびつの栄光」について主張することは避けるであろうし、彼が死を喚起するとすれば、それは死の「巨大な誇張法」を告発するためであって、死の魔力を利用するためではあるまい。生物や事物との親和性、共謀による詩人たる彼は、生物や事物を統一性の外に、行列のなかに導く、あの原初の乖離を嘆くこともなければ断罪することもない。彼によれば、この行列はいささかも有害なものではなく、それどころか祝福されたものなのだ。それというのも、それは多様なるもの、明白なるもの、奇怪なるものの、あの連続を生みだすからであり、彼はこれについて徹底的な報告を企てるだろう。私たちの眼に触れる一切のものは見るに値するものであり、存在する一切のものはいかんともしがたく存在しているものだ、と彼は私たちに語っているかのようだ。しかしその一方で、彼は忘我の状態、充実の眩暈状態で、現実的なものに対する一種酒神祭的な欲望に憑かれて、物質の価値をおとしめる、あの不透明性と重力という災厄を空無に課することなく、空無の充足と充実に懸命に努力しているのである。

この世には私たちがみずからの失墜に手を貸してくれるようにと願う詩人たち、私たちの冷笑を鼓舞し、私たちの悪徳を、あるいは茫然自失をさらに悪化させてほしいと願う詩人たちがいる。彼らの力はあらがいがたく、彼らはもののみごとに私たちの意志をくじく……しかしまた別の詩人たち、私たちの辛辣さや妄執に与せず、したがってずっととっつきにくい詩人たちがいる。これらの詩人たちは、私たちを世界に対立させる軋轢の仲介者であり、私たちを容認へ、克己へと誘う。私たちがみずからに、さらにはみずからの絶叫に疲れはて、おのれを主張し異議を申し立てるというすぐれて現代的なあの悪癖《マニィ》が、私たちの眼に由々しき罪と見えるとき、そんな悪癖に一度たりとも染まったことのない精神、反抗の俗悪さにしりごみする精神に出会うのは、なんという慰めであることか。ひとりのピンダロスといわずマルクス・アウレリウスにも似た古代人、英雄的古代と終焉を迎えつつあった古代の人間として次のように叫ぶ精神に出会えるのはなんという慰めか。「時代が私にもたらす一切のものは私にとっては美味なる果実だ、おお自然よ。」——ペルス《ペルス》には一種叙情的な知恵の色調があり、同意のみごとな連禱があり、必然性と表現の、運命と言葉の崇拝があり、と同時に、キリスト教的アクセントはいささかもないが　幻視者の一面がある。「そして無国籍者の星が未熟《ヴェール》な時代の高みを進んでゆく」――『黙示録』の穏やかな異文の詩節を読んでいるような思いがするのではなかろうか。よしんば宇宙が消えてなくなるにしても、何ものも失われはしないだろう。なぜなら、言語はまた宇宙のかわりとなるだろうから。一切のものが蕩尽しはてても、ひとつの言葉、ありきたりのひとつの言葉は生き残るだろう、なぜなら、言葉だけがただひとり虚無に挑戦するだろうから。これこそ「詩」が含意し要求している結論のように私たちには思われる。

一九六〇年

ミルチア・エリアーデ

エリアーデに初めて逢ったのは一九三二年ころ、ブカレストでのことだが、折しも私はこの都市《まち》で愚にもつかぬ哲学の研究に一区切りつけたところだった。当時、彼は〈新世代〉の偶像であり——私たちは鼻高々にこの魔法の呪文を唱えていたものだった。私たちは〈老いぼれ〉や〈ぼけなす〉どもを、つまり三十歳を過ぎた大人たちをことごとく軽蔑していた。私たちのオピニオン・リーダーは彼らに対して論陣を張り、彼らをひとりひとり叩きのめしたものだが、その攻撃はほとんどつねに正しかった。〈ほとんど〉というのは、彼がトゥドール・アルゲージを攻撃したときがそうだったように、ときとして間違いを犯すこともあったからである。アルゲージは偉大な詩人であり、彼の唯一の過ちといえば世に認められ、崇め奉られているということだけだった。私たちには世代間の戦いこそあらゆる対立・抗争を解く鍵であり、あらゆる出来事を説明する原理であると思われた。私たちにとって、若いということはそのまま才能があるということだった。この種のうぬぼれはいつの時代にもあるものだという人もいよう。そうかも知れぬ。だが私たちの場合ほど極端なうぬぼれがかつてあったとは思われない。うぬぼれとなって現われ、うぬぼれとなって激化していたのは、「歴史」を切り開こうとする意志であり、「歴史」に参入し、是が非にもそこに新たなるものを生起せしめようとする欲求であった。この熱狂で当時はもちきりだった。ところで、いったいだれがこの熱狂を体現していたのか。インド――まさしく「歴史」に、年代記に、かかるものとしての生成につねに背を向けてきた国、そこから帰って来たひとりの人物がこれを体現していたのである。もしこの逆説がエリアーデの一特性を、すなわち本質的なものによっても偶発的なものによっても、無時間的なものによっても日常的なものによっても、神秘神学によっても文学によってもひとしく触発されるという深遠な二重性を示していないならば、私はこの逆説を指摘することはなかったであろう。この二重性はいかなる分裂もエリアーデにもたらしてはいない。つまり彼が異なった精神の水準で同時にあるいは交互に生き、ことなげにエクスタシーを研究し瑣末事を追求することができるのは、彼のもって生まれた性質でもあればつきでもあるのだ。

私が彼を知ったころ、驚いたことに彼はすでにサーンキヤ学派（これについて長大な論文を発表し

たところだった）を深く究め、サーンキヤカーリカーの最終頌に関心を寄せていた。それ以来という
もの、私はかくも広くかくも激しい好奇心、ほかの人間だったら病的なものとなっていたであろう好
奇心を眼のあたりにして魅了され続けた。ただひとつの領域に、たったひとつの分野に閉じこもり、
他の一切のものを取るに足りぬ二義的なものとして捨ててかえりみない偏執狂、こういう憑かれた人
間には暗い倒錯したかたくなさがあるものだが、エリアーデはまるでそんなものはもちあわせていな
い。私が彼に認める唯一の固定観念、そして実をいえば歳とともに衰えてきた固定観念は多作家の、
したがって典型的な反《アンチ》－偏執狂のそれである。それというのも、彼は飽くことを知らぬ探究心でどん
な主題にもおかまいなしに飛びかかっていこうとうずうずしているからである。ルーマニアの歴史学
者ニコラス・ヨルガ、この魅力的な、また人の意表をつくところをもちあわせていた非凡な人物には
一千冊以上の著作があったが、これらの著作は部分的にきわめて生き生きしたところがあったものの、
おおかたは冗漫で構成もルーズであり、ガラクタの山のなかにピントはずれの才気が溢れていて、と
ても読めたしろものではなかった――当時、エリアーデはこのヨルガを熱烈に称賛していたが、それ
は人々が自然の力を、森や海や野原を、繁殖力そのものを、つまり発生し増殖し発現し侵入する一切
のものを称賛するのに似ている。彼は生命力と産出力とに対する盲信を、なかんずく文学において決
して捨て去ったことはなかった。これはおそらくいいすぎかも知れないが、しかし彼が潜在意識にお

いて神々よりも書物を尊重していると信ずるに足る根拠が私にはある。彼が崇拝しているのは神々よりは書物なのだ。いずれにしろ、彼ほど書物を好んだ人間に私は会ったことがない。解放の翌日、パリに着いた彼が書物に手を触れ、撫でさすり、ページを繰っていたその熱心な姿を私は決して忘れることはあるまい。本屋に入ると彼は歓喜し、挙式を執り行ったものだが、それは一種の呪術であり、偶像崇拝であった。ありあまる情熱というものは、寛大さの豊かな資質を前提としている。この資質に欠ける者は、豊富、充溢、過剰といった、精神がそれによって自然を模倣し、自然を乗り越える一切の性質の真価を認めることはできない。私はこれまでバルザックを読めたためしはなかった。実をいえば、青春期にさしかかったところでバルザックを読むのをやめてしまった。彼の世界は私には禁じられた、近づくことのできぬものであり、いまもって入ることができず、また入る気にもなれないのだ。そんな私の気持を改めようと、エリアーデは何度こころみたことだろう！　彼は『人間喜劇』をブカレストで読んでいた。そして一九四七年パリで再読していたのであり、おそらくまたシカゴでも再読しているだろう。彼がつねづね愛好していたものは、いくつもの筋書きにそって展開する大部で盛り沢山な小説、〈無限〉旋律や厖大な時間の現存と、細部の積み重ねや複雑・多岐なテーマの豊かさと対をなす小説であった。これに反し彼が嫌ったものは、「文学」において練習とされているすべてのものであり、耽美主義者の好む貧血気味で垢ぬけした気晴らしであり、精気や天分に欠けたある種の作品の、あからさまに腐敗堕落した側面であった。しかしバルザックに対する彼の熱の入れようは別の面からも説明することができる。精神には二つの範疇がある。すなわち過程を好む精神と結果を好む精神である。一方は思考ないしは行動の展開や段階に、連続的な表現に執着するが、他方は最終的な表現に執着し、その余のものはすべて排除しようとする。気質からいって、私はつねづね後者に、つまりシャンフォールとかジュベールとかリヒテンベルクとかいった人々に心ひかれてきたが、彼らはそこにいたった筋道を隠したまま、私たちに簡明警抜な表現を示してみせるのである。羞恥心からにせよ、創造力の欠如からにせよ、彼らは簡潔さの迷妄から自由になることはできない。彼らはできることなら一ページで、ひとつの文章で、一語ですべてをいい尽したいのだ。もちろん稀なことだといわねばならないが、ときには成功することもある。つまり簡潔な表現法とは、もし秘密めかした深みに落ちたくないならば、沈黙を甘受しなければならないのだ。しかしだからといって、極度に洗練されたこの表現形式、あるいはもしそういいたければ、硬直したこの表現形式を好むからには、この表現形式から離れることも、これとは別の表現形式を真に愛することもむずかしいことに変りはないのである。長いあいだモラリストたちに親しんできた者にはバルザックを理解するのは容易なことではない。しかしそういう人間にしても、バルザックを熱愛してやまず、バルザックの世界に生命と解放と自由の感覚を汲みとる者たちの理由を推測してみることはできる。この感覚こそは、完璧さと窒息とが表裏一体をなしているマイナーな様式、すなわち箴言集の愛好家には未知のものなのである。

壮大な総合に対するエリアーデの好みはいかにも明白なものだが、にもかかわらず彼はまた断章やひらめきに富んだ短いエッセーにもすぐれていたはずである。実際、彼はこの点ですぐれた才能をもっていたのであり、それは彼の初期作品、インド滞在の前後に発表した、あの短い多くのテキストをみれば明らかである。一九二七年および二八年、彼はブカレストの日刊紙に定期的に寄稿していた。私は田舎町に住んでおり、中等教育を終えるところだった。その新聞は午前十一時に私の町に届いた。休み時間になると、私は息せききってキオスクへ駆けつけ新聞を買い求めたものだが、こうして私はアシュヴァゴーシャ、クソマ・ド・ケレシュ、ブオナイウッティ、エウヘニオ・ドルスその他大勢の多少とも一風変った名前に親しむことができたのである。私は外国人にかんする記事を他の記事よりははるかに好んで読んだ。というのも、彼らの著作は私の小さな町にはみあたらず、私には神秘的で決定的なものであると思われていたから、いつかそれらの著作を読むことができるという希望こそ私にとっての幸福というものであったからである。そんなわけで自国の作家たちに失望することはあったが、彼らの場合にはひょっとして味わうかも知れぬ失望も遠い先のことであった。わずか一日の寿命しかないこれらの記事には、なんという学識が、情熱が、精力が注ぎ込まれていたことだろうか！　私は確信しているが、実際それらの記事は興味津々たるものであったのであり、私が記憶をねじ曲げてそれらの価値を潤色しているわけではない。私はそれらを夢中になって読んだが、ただし明晰な興奮のうちに読んだのである。なかでも私がとりわけ高く評価していたのは、あらゆる観念を震動させ、伝染させる若きエリアーデの才能、あらゆる観念にヒステリーの、ただし、積極的かつ刺激的な健全なヒステリーのハレーションを与える若きエリアーデの才能であった。いうまでもないことだが、この才能は生涯の一時期にのみ属するものであり、よしんばいまなおこの才能をもっているにしても、『宗教史概論』に取り組むにあたってこの才能を活用したいとは思わないだろう。……インドから帰国後、エリアーデは「地方人への手紙」を書き、同じ日刊紙の文化欄に発表したが、ここには彼のこの才能がいかんなく発揮されていた。私はこれらの「手紙」をひとつ欠かさず読んでいると思う。私は全部読んでいる。実をいえば、私たちはみなこれらの「手紙」を読んだのである。というのも、それは私たちについて、私たちに宛てて書かれていたからである。そのなかで、私たちはしばしば攻撃されており、そして私たちはそれぞれ自分の番が来るのを待っていた。ある日、私の番がまわって来た。そのなかでエリアーデは私に対して、ほかでもないさまざまの固定観念を払拭し、もう死の観念でもって新聞や雑誌を満たすことはやめ、当時も今もつねに変らぬ私の偏執だった死の問題以外の問題に取り組むよう勧めているのだった。私がそんな勧めに従うとでもいうのであろうか。私にはそんな気は毛頭なかった。私は自分が死の問題以外の問題を扱いうるとは仮にも認めてはいなかったし、折しも「北欧芸術における死のヴィジョン」にかんするテキストを公表したばかりの私は、同じ方向に問題を追求するつもりだった。私は内心、この私の友人を何ものとも一体化することなくすべてであろうとしており、何ものかであり得ないがゆえに結局のところ熱狂することも錯乱することも、〈深遠な境地〉に達することもできない人間として非難していた。〈深遠な境地〉とは私にいわせれば、偏執にわが身を委ね、そこにとどまる能力のことであった。私の信ずるところによれば、何ものかであるということは、ひとつの態度を全体的に引き受けることであり、したがってとらわれることのない柔軟性を、豹変を、絶えざる更新を拒むことであった。おのれだけのひとつの世界、限定された絶対を作りあげ、全力をあげてそれに執着することこそ、私には精神の第一義的義務であるように思われた。それはお望みとあればアンガージュマンの観念といってもよいものだったが、ただし内面生活を唯一の対象としたアンガージュマン、他人ではなく自己自身に向けられたアンガージュマンであった。私がエリアーデに向けていた非難は、彼があまりに開放的で柔軟であり、あまりに熱狂的であるために摑みどころがなかったことである。また彼がインドにのみ関心を向けていないことも私の非難の的だった。私からみれば、インドは他の一切のものに十分かわりうるものであり、インド以外のことに熱中することは信用失墜をまねきかねないように思われたのである。これらのあらゆる不平・不満は、「運命なき人間」という挑戦的な表題の論文となって結実した。この論文のなかで、私は自分が敬愛しているこの人間の定見のなさを、ただひとつの思想のみを抱く人間たりえぬことを非難し、彼の性質の否定的側面をひとつひとつあげつらい（これはだれかある人間に対して不公正かつ不誠実な態度をとる際の古典的なやり口である）、彼が自分の気分や情熱をコントロールし、それらを自分の思いのままに活用し、悲劇を隠蔽し、〈宿命〉を無視しているといって非難したのである。この杓子定規の攻撃には、一般的すぎるという欠点があった。これならどんな相手にでも浴びせることができたであろう。理論的精神、つまりかずかずの問題解決を迫られている人間は、なぜ英雄や怪物とみられなければならないのか。観念と悲劇のあいだには何ら実質的な類似性はない。だが当時の私の考えによれば、あらゆる観念は具体化されるか、さもなくば叫び声に変るはずのものであった。私は失望こそが覚醒の、認識のしるしそのものであると信じていたが、そうであればこそ私は、私の友人があまりに楽天的であり、あまりに多くのことに関心をもち、真の知の要求とは相容れぬ活力を惜しげもなく浪費しているのを恨んでいたのである。私は自分が意志薄弱な人間だから、まるで自分の意志薄弱さが、ある種の精神的達成ないしは知恵の意志によってもたらされたものでもあるかのように、自分の方がエリアーデよりは進んでいるのだと思っていた。ある日、私は彼に次のようにいったことを覚えている。あなたは前世で草ばかり食っていたに違いない。だからこそこんなにもみずみずしさと自信を保っていられるのであり、またかくも純真無垢のままでいられるのだと。私は自分の方が彼よりも老いているように感じられることで彼が許せなかったし、自分の苦々しい思いと失敗の責任を彼に負わせていた。そして彼は私の希望を犠牲にして自分の希望を手に入れたように思われるのだった。どうして彼はかくもさまざまの分野で活動することができるのか。それはつねに変ることのない好奇心だったが、私はそこにデモンを、あるいは聖アウグスティヌスにならっていえば、ひとつの〈病い〉を見届けていたのであり、それこそ私が変ることなく彼に向けてきた不平・不満であった。ところが、彼においては好奇心は病いどころではなく、逆に健康のしるしであった。そして私が彼を非難すると同時に彼を羨んだのは、この健康のゆえにであった。ところで、ここで少々ざっくばらんの話をしなければならない。

ある特殊な事情から私が肚をくくることがなかったならば、おそらく私は「運命なき人間」をあえて書くことはなかったであろう。私たちには共通のひとりの女友達がいた。彼女は才能ゆたかな女優であったが、不幸なことに形而上学的問題に悩まされていた。この強迫観念は彼女の経歴と才能とを危うくするに違いなかった。舞台の上で長い台詞を語ったり、あるいは対話を行っている最中に、例の本質的な関心事が不意に彼女を襲い、彼女に侵入し、彼女の魂を奪ってしまうのだが、すると彼女には自分の語りつつあることが突然たえがたいほど虚しいものに思われるのだった。彼女の演技は行き悩んだ。一徹な彼女には自分の演技をごまかすことはできなかったし、またその気もなかった。解雇は免れたものの彼女に与えられたのは端役にしかすぎなかったが、彼女はすこしもそれを苦にしなかった。むしろこれを機に自分が抱いている疑問と特殊な趣味とに没頭し、そこにそれまで演劇に対して示していた情熱のすべてを注ぎ込んだ。答えを探し求めて混乱状態のまま彼女はエリアーデに救いを求め、次いでエリアーデほど触発を受けなかった私に救いを求めた。ある日、とうとう耐えきれなくなったエリアーデは彼女をはねつけ、二度と逢うことを拒んだ。彼女は私のもとへ来て自分の味わった失望を語った。そのご私はしばしば彼女と逢い、もっぱら彼女の話の聞き役にまわった。実際、彼女はまばゆいばかりに輝いていた。しかし彼女には話をひとり占めにし、押しつけがましく、人をうんざりさせるところがあったから、逢ったあとは極度の疲労と幻惑で私は一軒目の酒場で酔いつぶれてしまうのだった。ひとりの百姓女（というのも、彼女は独学で片田舎の出身だった）が、前代未聞の情熱で意気盛んに「無」について語るのだ！　彼女は数か国語を学び、神智学に手を出し、さまざまの大詩人たちとつき合い、いくたの失望を経験してはいたが、この最後の失望ほど彼女に影響を与えたものはなかった。彼女と親しくなりはじめたころ、私にはエリアーデがなぜあれほど彼女を無礼に扱うことができたのか不可解でもあれば、また許しがたいことにも思われたが、これがこの失望のもたらした苦悩同様、功績といえるものであった。彼女に対するエリアーデの振舞いが私には弁解の余地のないものと見えたからこそ、私は彼女の仇をうつつもりで「運命なき人間」を書いたのである。この記事がある週刊誌の巻頭に掲載されると、彼女は狂喜し、私の目の前であたかもそれが名高い独白ででもあるかのように声高に読みあげ、次いで段落ごとに分析した。「あなたが書いたもののなかではこれ以上のものはないわ」と彼女はいったが、それは彼女が自分自身に与えた見当はずれの称賛であった。なぜなら見方によれば、記事を書くようにうながし、記事の材料を私に与えたのは、ほかならぬ彼女なのだから。のちに私はエリアーデのうんざりした気持と激怒とを理解し、私の行きすぎた攻撃の滑稽さを理解したが、彼はこのことで私を決して恨まなかったし、楽しんでさえいたのだ。この特徴は注目に値する。なぜなら私の経験からいって、作家たちは――例外なく驚くべき記憶力に苦しめられている者たちは――あまりにあからさまな無礼は忘れ去ることはできないからである。

エリアーデがブカレスト大学の文学部で講義を始めたのは、ちょうどそのころである。私は可能なかぎり毎回出席した。幸いなことにこれらの講義で、私は彼があれらの記事に惜し気もなく注ぎ込んでいた情熱に再び相まみえることができたが、それはかつて私の経験したことのない、活気と感動に満ちた講義であった。彼はノートも何ももたず、目くるめくような情熱的な学識につき動かされるままに、激しくこみあげてくる言葉を、しかも一本筋の通った言葉を引きつった両手の動きで強調しながら発するのだった。緊張の一時間、まさに奇跡とでもいうほかはないが、そのあとでも彼は疲れているようには見えなかったし、おそらく実際疲れてはいなかったのだ。まるで疲労を無限に先にのばす術を心得ているかのようだった。否定的なもの、心身いずれの面においても自己破壊に駆り立てるものはすべて例外なく当時の彼には無縁なものであったが、今にしてもそれに変りはない。彼が断念や後悔を、あるいは苦境、沈滞、杜絶を意味する一切の感情をもちえない理由はここにある。たぶんこれもまたいいすぎだろうが、しかし私の思うに、たとえ彼が罪について完全な理解をもちあわせていても、それに対する感覚はもちあわせてはいないのだ。罪に対する感覚をもつには彼はあまりに熱にうかされすぎており、あまりにダイナミックにすぎ、あまりに急ぎすぎ、計画をもちすぎるのであり、可能事に夢中になりすぎているのである。罪に対するこの感覚をもっているのは、絶えず自分の過去を思いめぐらしている者たちだけであり、過去を断ち切れぬままそこにとどまっては、精神的責め苦の必要からさまざまの過ちをデッチあげ、なんであれ自分たちが犯し、あるいは特に犯したいと思っていた恥ずべき行為を思い出しては満足している者たちだけである。偏執狂たち、再び彼らに話題をもどすなら、悔恨の深淵に下降し、そこにとどまり、そこで堂々めぐりをする時間をもちあわせているのは彼らだけであり、彼らだけが真のキリスト教徒と同じ素材で作られているのだ。真のキリスト教徒、すなわち悩みうちひしがれた人間、彼は神に見放された者たらんとする病的欲望を抱きながらも、それでも最後にはこの欲望を克服するにいたるが――この、かつて全面的なものとなったためしのない勝利こそ、彼のいわゆる〈信仰をもつ〉ということなのだ。パスカルとキエルケゴール以後、私たちは一連の病弱・不具なしに、また内面の惨劇というひそかな快楽なしに、もはや〈救済〉を思い描くことはできない。とりわけ〈呪詛〉が流行と化している現在、文学においてはむろんのこと、私たちはだれもが苦悩と呪いのなかに生きているのだと主張したいのだ。だが学者は呪われた者になりうるのか。どうして彼は呪われた者になるのか。彼は地獄に、地獄の狭隘な領域に折り合うには、あまりに多くのことを知りすぎてはいないか。キリスト教の暗い側面だけが私たちの内部にいまだにある種の反応をよび覚すことはほぼ確かだ。もしキリスト教の本質を再び見届けたいと思うなら、実際のところ私たちはキリスト教をおそらく喪服のうちに見なければならないだろう。このイメージ、このヴィジョンにもし間違いがなければ、エリアーデがこの宗教の埒外にいることは明白である。だが彼は職業からしても信念からしても、たぶん一切の宗教の埒外にいるのだ。彼は新しきアレクサンドリア主義、すなわち古代人のひそみにならって一切の信仰を同一の次元に置き、そのひとつたりとも選びえぬアレクサンドリア主義の、もっとも輝ける代表者のひとりではあるまいか。信仰に序列をつけることを拒否するとき、私たちはいかなる信仰を選び奉じることができようか。いかなる神に加護を祈ることができようか。宗教史の専門家が祈りをあげている姿など想像することはできない。というか、もし彼が実際に祈りをあげているとすれば、そのとき彼は自分の教えを裏切り、自己矛盾におち入り、自分の『概論』を破産させているのだ。そこでは真の神などひとりもみられず、すべての神々がおなじ価値をもっているのである。いかに巧みに神々を描写し、神々について解説を加えても、彼は神々に生命《いのち》を吹きこむことはできない。彼は神々からその精気のすべてを抜き取り、神々を比較し、神々を互いに衰弱させては神々に甚大なる損害を与えるだろう。そして結局のところ神々について残されるものといえば二、三の血の気のうせた象徴だが、こんなものは信者には必要のないものだ。もっとも、学識と幻滅とイロニーのこの段階で、真に信仰をもつ人間がいまだに存在しうるとしての話だが。私たちは、エリアーデを筆頭にいずれもかつての信者であり、いずれも例外なく宗教なき宗教的精神なのである。

カイヨワ――鉱物の魅惑

カイヨワはまったく申し分ない何冊かの研究書を書いて出発し、弟子としての反応を示したことさえあった。それが証拠に、『人間と聖なるもの』へ寄せた一九三九年の序文で、彼は自分の師匠筋を安心させる用心を怠らず、彼らに対して、〈実証的認識〉の限界を逸脱し、いささか形而上学的敷衍を敢えて行っている最後の数ページを無視してくれるように要請しているのである。当時、彼は宗教史を、そして社会学や民俗学を信じていたように見うけられるから、普通だったらこれらの分野のひとつにとどまり、学者として生涯を終えたはずである。その彼が別の道を歩んだことには、外部の事情がおおいにあずかっている。といってもしかしこの場合も、外部の事情などで本質的なことが明らかになるわけではない。肝心なことは、なぜ彼が当初からしてすでに体系よりはむしろ断章に惹かれていたかを知ることであり、またなぜあのように堂々たる構築物を忌み嫌い、なぜあのように上品さを心がけ、なぜあのように巧みに書き、論証にあたってなぜあのようにかすかな息切れを見せたのか、要するに、なぜあのように推論とリズムとを、理論と魅惑とを調合したのかを知ることである。彼はこれらの高級な弱点、これらの欠陥を隠しおおすことができたであろうが、ただしそのためには自分を犠牲にし、自分の独自性を（ひとりの〈実証的認識〉の信奉者以上のものをも同じように）捨て去らねばならなかったであろう。そんな気はさらさらなかったからこそ、彼はその最初の関心事から遠ざからねばならなかったのであり、師匠筋を裏切り、あるいは失望させ、自分独自の道を歩み、多様性を選択しなければならなかったのであり、要するに「学問」から、単調さのもたらす陶酔の何たるかを知り、かつそれを甘受する者にのみに定められた「学問」から遠ざからねばならなかったのである。彼は詩《ポエジー》、マルクス主義、精神分析、夢、遊びなどといった多くの主題と学問とを遍歴するだろうが、しかし決してディレッタントとしてではなく、イロニーのゆえに反対を、そしてしばしば不公平を余儀なくされた精神、焦り飢えた精神としてなのだ。自分が把握したテーマ、自分が解明した問題に腹を立て、それらを細心な人や偏執者たちにゆだねてしまう彼を想像してみることはたやすいことだが、それというのも、こういうものにこれ以上かかわりあうことは彼には下品なことと思われるからだ。徒労感、気難しさ、あるいは機敏さ、主にこれらのものから成るこの激昂こそ、彼の絶えざる問題意識の更新を、その知的遍歴を解く鍵である。ここでこれとはまったく対蹠的な態度、たとえばモーリス・ブランショの態度をいやでも思い出さないわけにはいかないが、ブランショは文学的行為の分析に深さの迷信を、空虚と深淵の利点をあわせもつ反撥の迷信をもたらし、この迷信をばヒロイズムにまで、あるいは仮死状態にまで押しすすめたのである。

カイヨワの場合、繰り返しの拒否（彼がその〈根本的な分散〉と呼んでいるものだ）は、おのれの〈真の自我〉を固定しようとする一切の試みを困難なものにするのではないか、いや不可能にさえするのではないかと、私はしばしばいぶかったことがあった。彼は憑かれた人間とはまるで反対の人だ。ところで憑かれた人間だけがその〈まぎれもない自我〉を曝すのであり、おそらくは彼らだけが〈まぎれもない自我〉をもちうるけど限定されているのだ。カイヨワが拒否するような固定観念が彼にあるものとは思わなかったが、しかしにもかかわらず私は、カイヨワのまさしくカイヨワらしさはどこにあるのか尋ねざるをえなかったし、もし彼がさまざまの本で自分自身をのみ描いたとすれば、いったいどの本が彼の姿をもっともよく明らかにしているか、彼が自己自身の本質を追求し、本質にたどりついたことを証明しているのはどの本か尋ねざるをえなかったのである。その結果、かくも多くの問題に熱中せざるをえなかった彼が出会ったのはただひとつの情熱にすぎず、そして彼がその最良の秘密を漏らしているのは、彼がこの情熱を描いている著作であるように私には思われた。

どんな領域においてであれ、私たちがひとつの探究を企てるとき、探究が功を奏したことのしるしは語り口の変化であり、先験的にはどうみても必要とは思われない情熱の発露である。『石』は一種の序文＝讃歌ではじまり、細心綿密な記述のもたらす節度ある熱狂の口調でページからページへと語りつがれてゆく。この情熱の第二義的な理由は問わず、その主要な理由だけを示すとすれば、私の見るところ、それは原初的なものの探究とそれへのノスタルジーのなかに、始源への、人間以前の世界への、「このつかの間の人類の運命よりはるかに広く、はるかに重大で、はるかに緩慢な」神秘への執着のなかにある。人類のみならず生命そのものの彼方にまでさかのぼり、さまざまの時代の根源にいたり、みずからを記憶を絶するほどにも古いものの同時代者たらしめること、これこそこの熱狂せる鉱物学者の意図であり、彼は異常に軽い一個の瑪瑙の瘤塊のなかに液体の音を、地球の誕生以来そこに隠されていた水を、「以前の」水を、「起源の水」を、それをみつめる生者に自分は宇宙の「茫然自失した闖入者」にすぎないと思わしめる「あの不易の液体」を発見したとき、こおどりせんばかりに喜ぶのである。

始源の探究こそは私たちが企てうるあらゆる探究のなかでもっとも緊要なものだ。短期間にしろ、私たちはだれしもこの探究を試みるが、まるでこの回帰をはたすことが自分を把握し、自分を超越し、おのれみずからを、またすべてのものを克服する唯一の手段ででもあるかのようである。それはまた変節でも、あるいは欺瞞でもないただひとつの気晴らしの方法である。だが私たちは未来にしがみつき、宇宙開闢説よりは終末論を重んじ、破砕と終末とを偶像化し、笑止なほどにも「革命」に、あるいは最後の審判に賭ける習慣を身につけてしまった。予言者気取りの私たちの一切の傲慢はここに由来する。こんなことよりは、私たちの期待する混沌よりはるかに豊かな混沌に向かって後退した方がずっとましではあるまいか。カイヨワが好んで赴くのは、この原初の混沌がいままさに鎮まり、かたちをとろうとしている瞬間であり、「生成の強烈な瞬間」を経た石が「代数に、眩暈に、秩序に」なろうとしているあの局面である。だが彼が溶解しつつある燃えるような石に、あるいは信じがたいほど冷たい石に言及するにしろ、これらの石の描写に示す彼の熱意はいつもの彼には見られないものだ。とりわけ私の念頭にあるのは、ミシガン湖から出た一個の自然銅を提示する際の、ほとんど幻視者といってもよい彼の態度である。彼によれば、この自然銅の「脆くもあれば堅くもある壊れやすい斑文は、想像力に一種のおおげさな硬化症の逆説を提供する。それらは不可解にも生命なきものを越えており、いまだかつて生命を宿したことのないものに死の過酷さを付け加え、鉱物の表面に余分の、これ見よがしの、冗語法の一枚の屍衣のひだを描き出しているのである。」

『石』を読みながら私は、ここで問題なのはそれ自身の意味作用に極限された言語、それ自身の魅惑をおいて他に現実とてはない言語ではあるまいかと一度ならず自問したものである。それなら、なぜ現場に行ってみようとはしないのか。なんといっても、私はいまだかつて一個の石も、いわゆる宝石類もみつめたことはなかったし、宝石というこの形容詞だけでそれらを忌み嫌うに十分だったのである。そこで私は鉱物展示館を訪ねたが、驚いたことに、私がそこで確認したのは『石』が真実を語っているということであり、それが達人の作品ではなく、石という凝固した傑作の原初の曖昧な状態を、ほとんど想像を絶する後退によって再構成するために、それらを内部から捉えようと懸命になっているひとりのガイドの作品であるということだった。私は鉱物についてはじめて知識を得たばかりだったが、その決定的な一時間のあいだに彫刻家であることの、あるいは画家であることの虚しさを知った。数年前、自然誌博物館の古生物学のセクションに足繁く通ったことがあったが、そこに展示されている骸骨は肉体の途方もないはかなさに嫌悪感を抱かしめるにはいかにも恰好のものであるからこそ、かえって私たちをある種の静謐感に誘いうるように私には思われた。石に比べれば、骸骨はみじめに見える。だがカイヨワが考えるように、石それ自体もほんとうに〈さまざまの静謐感〉を分かち与え、その魅惑する力を最後まで彼に及ぼしつづけるのだろうか。彼の変化の欲求に、新しきものへの彼の好みに、〈散逸〉の病いに石はあらがうのだろうか。彼は想像裡に石の生成の瞬間にまでさかのぼり、ある種の啓示に、一種異様な神秘的状態に、石が溶解する深淵に近づいた。この啓示に結果などあるはずもなく、わずかにかすめた深淵には、物質、溶岩、溶解、宇宙の喧騒にすぎないものをおいて何ら神的なものは含まれていないことを私たちはこの上なく明確に知らされるのだ。この挫折の独自性はどれほど強調してもしすぎることはあるまい。当然のことながら、私たちはたれにしたところで何らかの神秘的希求の落伍者であり、何らかの極端な経験の中核に私たちの限界を、私たちの不可能性を確認している。だが私たちがみずからの時間上の桎梏を飛び越えようとしたとすれば、それは私たちが砂漠の教父たちを、マイスター・エックハルトを、あるいは後期の仏教徒たちを愛読してきたからだ。カイヨワが時間の外にすべり出たと感じ、偉大な〈構造地質学の神明裁判〉の彼方で、〈限りなき平穏のうちにある不動の物質〉に触れ、法悦《トランス》に誘われまた欺かれた彼の精神がどんな些細なもの、鉱物によってすら解放されるにいたらないがゆえに、その平穏のうちに生きつづけることができないとすれば、それは彼が樹枝状結晶や黄鉄鉱に思いを凝らすからであり、あれこれの石英やら瑪瑙などの来歴を逆にたどるからなのである。彼自身このことを自分の本で語ることになるが、最近「コメルス」誌に発表された啓示に富んだテキスト「宿なしの話」の最後で次のように語ってさえいるのだ。「私は究極の現実に到達した。それは虚無ではなく、私がそのものと化した陰鬱さだ」と。したがってそれは虚無ではないのだが、なぜ虚無でないのかは察しがつく。つまり虚無とは、要するに神のよりいっそう純粋な解釈にすぎず、さればこそさまざまの神秘家たちはもとより、宗教的資質をもちあわせた無信仰者たちがかくも熱烈に虚無に沈潜したのだ。カイヨワは神秘家たちを妬んではいないし、後者のひとりに自分を擬することはおそらく彼の好むところではあるまい。彼は自分が〈啓示をもたらす消滅〉には向いてはいない者であることを知っており、自分の敗北を、倦怠を、断念を認め、おのれの挫折を言明し、それを賞味している。魅惑の涸渇のあとに、始源のオルギーとエクスタシーのあとには――わがもの顔の混乱が、陰鬱の冒険があるだけである。

ミショー――窮極的なるものへの情熱

ほぼ十五年ほど前のことだが、ミショーはかなり規則的に私をグラン・パレに連れて行ってくれたものである。グラン・パレでは、あるいは奇妙な、あるいは技術的な、わけの分からぬあらゆる種類の科学映画が上映されていたのである。実をいえば、私が不思議に思ったのはスクリーン上の映像よりはむしろ、それに寄せる彼の関心ぶりだった。こんなにも執拗な注視を生みだす原動力というものが私にはよく分からなかったのである。絶えず熱中し熱狂している精神、かくも熱烈な、おのれ自身にそそがれた精神が、どうしてこんな微細な、おそろしく没個性的な事実の提示に夢中になれるのか、私は不審に思い続けていたのだった。この精神がどれほど過度の客観性と厳密さにいたりうるものか、このことを私が理解したのはずっとのちのことであり、薬物による彼の探求を考えるようになってからにすぎない。彼はその細心・綿密さのゆえに、微細なるもののフェティシズムに、知覚しがたいニュアンスのフェティシズムにまで行かざるをえなかったのであり、この心理上の、また言葉にかかわるニュアンスを、彼は息たえんばかりの執拗さで際限なく取り上げたのである。深化によって眩暈にたどりつくこと、これこそ彼の方法の秘密のように私には思われる。『ざわめく無限』の一ページを読んでいただきたい。このページで彼は自分が「白にうがたれている」といっているが、一切は白であり、「躊躇そのものも白であり」、「鳥肌」もまた白なのである。このあとにはもう白はない。彼が白を使いはたし、殺してしまったのだ。内奥に対する彼の強迫観念が彼を苛酷にする。つまり彼は外観をつぎつぎに、ひとつとして容赦することなくきれいさっぱり片づけ、自分で外観のなかにもぐり込み、まさに外観の内奥を……不在の内奥を、その根底的な無意味さを追求することによって、外観を根絶やしにするのである。あるイギリスの批評家は、このような探査を〈恐るべきもの〉と見た。これに反して私は、粉砕し、打ちくだかんとする焦燥、つまり発見し、認識せんとする焦燥においてこれらの探査は積極的な、人をして昂揚せしめるものと思っている。というのも、真理とはあらゆる点において転覆作業の完成にほかならないからである。

彼はみずから自分を〈生まれつきくたびれはてた者〉と考えているが、その彼が終始一貫やってきたことといえば、欺瞞を避け、穴をうがち、探究することだけだった。確かに明晰性への、苛酷なヴィジョンへの努力ほど人を疲労困憊させるものはない。「歴史」というあの普遍的な壊疽に魅せられたひとりの有名な同時代人について、あるとき彼は「精神的失明」という啓示に富んだ表現を使ったことがあった。彼はこの同時代人とはまるで逆の人間であり、おのれの内部および周囲を見ようとする要請、観念のみならず（これは考えられているほど困難ではない）、どんな些細な経験あるいは印象の内奥にも参入せんとする要請を濫用してきた人間である。彼は自分の感覚のひとつひとつを検討に付したが、そこには一切のものが、責め苦が、歓喜が、征服の意志が含まれていたのではなかったか。おのれを把握せんとするこの情熱、この余すところのない意識化は、帰するところ彼が絶えず自分につきつけるひとつの最後通牒であり、おのが存在の最暗部への潰滅的な侵入である。

彼が自分の夢に企てた反乱、そしてまた精神分析がヘゲモニーを握っているにもかかわらず、夢を過大に評価せず、夢を告発し、笑止なものに転換しなければならないと彼が強く感じ取っていた必要性、こういったものは以上の事実をふまえて考察しなければならない。夢に欺かれた彼は、夢を罰し、その虚しさを宣告するのを楽しみにしていたのだ。だが夢に対する彼の憤怒のほんとうの理由は、おそらく夢の虚しさというものよりはむしろ、夢が彼からまったく独立したものであるという事実、夢が彼の検閲を逃れ、その凡庸さそのものによって彼をからかい辱しめながら身をくらましてしまうという夢のもっている特権であった。なるほど夢は凡庸なものだが、しかしそれは自立したものであり、主権をもっている。彼が夢を告発し、夢を誹謗し、夢に対する弾劾文を書き、時代の熱狂ぶりに対してまぎれもない挑戦を行ったのは、意識の名において、要請および義務としての意識化の名においてであり、またそれは傷つけられた自尊心に発するものである。無意識のもたらしたさまざまの成果の価値を失墜させることによって、彼はもう半世紀も前からまかり通っている世にも貴重なる錯覚を捨て去ってしまったのである。

内面的な激しさというものは例外なく感染するものである。この点で彼の激しさは一頭地を抜いている。彼と話し合ったあとでは、意気阻喪などめったに覚えるものではない。そして重大な状況に立ちいたれば、私たちはいつも例外なく彼の反応を、あるいは彼の言葉を想像しようとするのであってみれば、彼を熱心に訪ねるか、あるいはただ間遠に訪ねるかどうかは結局のところどうでもいいことなのである。つまり彼は孤独な遍在者であって、いつでもそこにおり、……ひとつの生存におけるかけがえのないものと決して切り離すことができないのである。この距離を置いた親密さは、公平な立場を取ることのできる憑かれた人、あらゆるものに開かれ、あらゆるものについて（時事についてさえ）語ろうとする内向の人であってはじめて可能なのである。国際情勢にかんする彼の見解や政治上の彼の診断は驚くほど正確であり、ときには予言的でさえある。外部世界についてかくまで正確な認識をもち、同時にまた妄想を内部から理解し、その多種多様なかたちを遍歴し、いわばそれらを自分のものとなしえたこと、かくも魅惑的な、かくもうらやむべき異常、私たちはこの異常を理解しようとするまでもなくあるがままに受け入れることができる。しかしここで、大ざっぱな点は致し方ないがひとつの説明を示唆しておくことにする。すくなくとも私にとって、病気についてミショーと交わす会話ほど気持のよいものはない。彼はあらゆる病気を予感し、恐れ、期待し、避けているかのようだ。彼の書いた本はどれをとってみても、さまざまの前兆の、垣間みられ、その一部は現実と化した悪しき兆候の、再思三考された病弱・不具の連続である。均衡喪失のさまざまの様態に対する彼の感受性は驚くべきものである。しかしプロメテの卑しい誘惑ともいうべき政治とは、不断の、激化した均衡喪失でないとしたら、誇大妄想狂の猿の不運そのものでないとしたら、そも何であろうか。私の知るかぎりもっとも中立性から遠く、もっとも積極的な精神は、おのれの慧眼を、あるいは嫌悪を行使するためにすぎないにしても、政治に関心をもたざるをえなかった。一般に作家というものは、さまざまの事件を解説してみせるとき、笑止な軽率さをさらけだすものだ。ひとつの例外をお目にかけることが重要だったように私には思われる。一度だけのことだが、私はミショーの軽率さではなく(生理的に彼はそんなものには向いていない)、彼の〈良き感情〉を、確信を、孤独を、私がそのときいくつかの言葉に置きかえた何ものかを、その場で取りおさえたことがあったと思っている。ここにその言葉を引いておくのも無駄ではあるまい。

「私は彼をその攻撃的な明晰性のゆえに、その拒否と恐怖症のゆえに、その嫌悪の総和のゆえに尊敬していた。その夜、何時間も前から閑談していた小さな通りで、まったく予期していなかった感情をいささかこめて彼は私にいった、人間が消えてなくなると考えると感動を覚えると……」

「そこで私は彼と別れた。こんな哀れみ、こんな弱みを見せた彼を決して許しはしまいと肝に銘じた。」

日付のない手帳から以上のような、それ自体申し分なく軽率な走り書きを書き抜いたのは——当時、私が彼の裡で何よりも重んじていたのは、鋭い、引きつった、〈非人間的な〉側面であり、彼の憤激であり、冷笑であり、皮をはがされた人体模型の気質であり、神がかりのヤンセン教徒および紳士たる彼の使命であったことを知ってもらうためなのである。実をいえば、彼が詩人であることなど私には第二義的なことに思われたものである。今でも憶えているが、ある日、彼は自分が詩人であるかどうか疑問に思っていると私に打ち明けたことがあった。もちろん彼は詩人であるが、しかし彼が詩人にはいかいかったかも知れないと考えてみることはできるのである。

若かったころ、修道会へ入ることを夢みて、彼は神秘家たちをむさぼり読んだということだが、この事実を知ったとき、私は彼の現在のありようをさらにはっきりと理解した。もし彼自身がひとりの神秘家でなかったら、あんなにも熱心に、あんなにも整然と、さまざまの極限状態の探究に憂き身をやつすことはなかったであろうと思う。絶対のこちら側にある極限状態。薬物にかんする彼のいくつかの著作は、もともと彼がそうであった神秘家、抑圧され妨害された神秘家、復讐を待っていた神秘家との対話から生まれたものである。彼がエクスタシーについて論じているすべての文章を寄せ集め、メスカリンとかその他の幻覚剤への言及をそこから除いてみるならば、私たちはまさしく宗教的経験を目のあたりにしているような印象を受けるのではあるまいか。そして薬物ではなく霊感によってもたらされたこれらの経験は、異常な瞬間の、一瞬の異端の聖務日課書に記載される価値があるのではあるまいか。神秘家たちは神のなかに倒れ込みたいとは思っていない。彼らが願っているのは、何か知れぬはるかなるものに、最後のものを味わう快楽（これはトランスに見舞われ、それに飲み込まれた者にはだれにでも見てとれる）——に引きずられるままに、神を超越することなのである。ミショーは、その〈内面の突風〉によって、不可解なるものを攻撃し、追いつめ、爆発させんとするその意志によって、決してとどまらず、どんな危険の前でもしりごみせず、彼方に参入せんとするその意志によって、神秘家たちに酷似している。彼には絶対のなかにとどまれる幸運も不運もないから、彼は自分で深淵を作りだし、つねに新たに深淵を出現させては、そのなかに飛び込み、それを描くのだ。

これらの深淵は状態にしかすぎないのではないかと反論するむきもあろう。そうかも知れぬ。しかし至高なるもののなかでの彷徨がもはや私たちに許されなくなってからというもの、心理学を運命づけられている私たちにとって、一切は状態であり、状態以外の何ものでもないのである。

まぎれもない神秘家、だが実現をみなかった神秘家。この神秘家は探究の果てにたどりついた極限状態においてすら、あらゆる手段を講じてイロニーを保ちつづけ、神秘家たることを回避したが、だからこそ私たちはこの神秘家を理解することができるのである。彼が何らかの極限の経験に、〈不純の絶対〉に立ちいたり、もうなすすべもなく動揺しているとき、彼はきまってなじみ深い、というか珍妙な表現に頼るが、それはまさしく彼がいまだに彼自身であり、自分が実験していることを忘れずにいることを示すためであり、自分の探究のいかなる瞬間とも決して完全には一体化することはないことを示すためなのである。同時に行われるかくもおびただしい過激行為には、フォリーニョのアンジェラばりの天にも昇らんばかりの放埒とスウィフト流の皮肉とが共存している。

挫折にはもってこいの人間が溌剌たる生気を失わずに年月を重ねてきたことは驚くべきことだ。「私は老人を連れて歩く……老人の、衰えた、呪われた肉体、後生大事とばかり老人はその肉体に執着している。私たち二人のための、ただひとつの私たちの肉体」、一九六二年、彼は『風と埃』にこのように書いている。感覚と認識の、あの間隔は相変らずであり、おのれの存在とおのれの知るものとに対するあの優越ももとのままである。かくして彼は、形而上的狂乱のなかに、いや要するに狂乱のなかにありながらも、認識への妄執により、おのれ自身の外にとどまることができたのだ。私たちがみずから抱え込んだ矛盾やら両立不可能なるものに結局は屈伏し、身動きがとれなくなってしまうというのに、彼は知恵に逃れることも、知恵にはまり込むこともなく、自分の矛盾と両立可能性を統御することができるのだ。彼は生涯、インドに心ひかれていたが、幸いにも心ひかれるだけだった。それというのも、もし彼が致命的な変身によってついにはインドに心を奪われ、取り憑かれてしまったならば、ひとつならぬ欠陥を身につけているというまぎれもない彼の特権を、知恵に通ずるものでありながら同時にまた知恵に逆らわずにはいないあの特権を捨て去ってしまったであろうからである。ヴェーダンタ哲学にしろ仏教にしろ、彼がそんなものにうつつをぬかすようになったら、何という不幸であろうか！　その才能を、けたはずれのその能力をそこにあずけてしまっただろう。解脱は作家としての彼を殺してしまったであろうし、そうなれば、もはや〈突風〉もなければ、苦悩も、数々の偉業もあるまい。彼の商売がこんなにも活気があるのは、彼が救済のどんな処方にも、悟りのどんな模造品にも妥協しなかったからである。彼は私たちに何も勧めない。彼はあるがままの彼であり、安心立命のどんな処方箋ももっていない。彼は休まない、まるで始めたときのように、暗中模索している。そして私たちが彼に何も勧めないという条件で、彼は私たちを受け入れる。繰り返すが、彼はひとりの非賢者、並はずれた非賢者なのだ。彼がかくもおびただしい激しさに屈しなかったことに私は驚く。なるほど彼の激しさは、時あって姿を現わす偶発的で、変動つねなき激しさではない。それは一定不変の、切れ目のない激しさであり、みずからの内部に宿り、みずからを拠りどころとしているもの、限りなき不確かさ、〈存在の激しさ〉である。この表現は神学者たちの言葉から借りたものだが、この表現こそは、ひとつの達成を示すにふさわしい唯一のものである。

一九七三年

バンジャマン・フォンダーヌ――ローラン街六番地

これほど皺にきざまれ、皺にうがたれた顔がまたとあろうか。千年にも及ぶかと思われる皺、それでもたちまち爆発し伝染する苦痛に生き生きと動いていてすこしもじっとしてはいない皺、そんな皺に覆われた顔。私はこの皺を眺めていて飽きるということがなかった。外観と見解との、表情と言葉とのこれほどまでの一致を、私はいまだかつて見たことがなかった。フォンダーヌのほんのささいな言葉を思うにつけても、私には彼のさまざまの表情の有無をいわせぬ現存をただちに感じ取らずにはいられないのである。

私は彼をよく訪ねた（彼を知ったのは占領下のときだった）。出掛けて行くときには、邪魔をするのは一時間だけにしようといつも思うのだが、結局は彼のところで午後を過ごしてしまうのだった。

もちろんそれは私のせいだったが、彼にもまた責任のあることだった。何しろ彼はしゃべるのが大好きだったし、また私にしても、疲れるけれどもついうっとりと聞きほれてしまう独白をさえぎる気持はおろか勇気もなかったからである。しかし、シェストフについてあれこれ問いただしてみようと思ってはじめて彼を訪ねたとき、とめどもなくしゃべり続けたのは私の方だった。ところが、おそらく気取って見せたかったのだろうが、私はシェストフについては一向に問いただすことはせず、ロシアの哲学者に対する私の偏愛の理由を、この哲学者の忠実な弟子というよりは哲学者に鼓吹された弟子である彼に披瀝することを選んだのである。ここで指摘しておくのも無駄ではあるまいが、両次大戦間シェストフはルーマニアではよく知られており、その著作は他所《よそ》よりも熱心に読まれていた。これはフォンダーヌの一切あずかり知らぬことだった。そして彼の故国で、私たちが彼と同じコースをたどってきたことを知ったとき、彼はいたく驚いた。……ここには何かしら不安を誘うものが、たんなる符合以上のものがあったのではあるまいか。彼の『ボードレール論』を読んだ者は、倦怠《アンニュイ》についての書かれた章にひとりならず強い感銘を受けた。私についていえば、このテーマに対する彼の偏愛とモルダヴィアの出自とのあいだに関係があるものとつねづね考えてきた。憂鬱の天国ともいうべきモルダヴィアは、まさに耐えがたい荒涼たる魅惑をたたえた地方である。その中心地であるヤシで、一九三六年、私は二週間を過したが、アルコールの助けがなかったら、私は世にも壊滅的な憂鬱におち込んでいたことだろう。フォンダーヌは好んでボカヴィアの詩句を引用したものだが、ボカヴィアはモルダヴィアの倦怠を、洗練度においては〈憂愁《スプリーン》〉には及ばぬものの、〈憂愁〉よりははるかに腐食性のある倦怠を歌った詩人であった。この倦怠のゆえに死にいたらずにいる人間があんなにも多くいることは、私にはひとつの謎である。そんなわけで、〈深淵〉の経験には、はるかな源泉があるのである。

シェストフとまったく同じように、フォンダーヌは引用をもって始めるのが好きだった。引用は口実にすぎなかったが、彼はそれにこだわり続けて予期せぬ結論を導き出すのだった。その論旨の展開は複雑・煩瑣なものであったが、にもかかわらずそこにはつねに何かしら人を捉えて離さぬものがあった。複雑・煩瑣といえば、彼自身にしてからがそうであって、彼はその明白な悪癖ともいうべき複雑・煩瑣ぶりを濫用してさえいるのだった。一般的に、彼はとどまるということを知らず――彼は変奏の天才だった――彼がしゃべっているのを聞いていると、まるで終止符を憎んでいるかのようだった。こういう彼の才能はその即興演説に明らかだったが、彼の書いたさまざまの本、とりわけ『ボードレール論』にそれをはっきりと見て取ることができる。『ボードレール論』の相当数のページを削り取らなければならないと、彼は何度となく繰り返し私に語っていたが、彼がさし迫った不幸を半ば確信して生きていたことを知る者にとっては、彼がそうしなかったのは理解に苦しむことである。彼は自分の命が危険にさらされているものと思っていた。そして実際その通りだったのだが、彼は内面的に自分の犠牲者たる条件を甘受していた節がある。というのも、「不可避なるもの」へのあの神秘的な暗黙の同意、悲劇へのある種の幻惑、こういうものを想定してみなければ、住居を変えるというもっとも基本的な用心はもとより、一切の用心を棄ててかえりみなかった彼の態度は説明できないからである。(彼は門番に密告されるのだ!) お人好しとはいえまいが、それ以外なら何とでも呼べる人間、その心理的あるいは政治的判断が例外的な洞察力を証し立てていた人間の、何とも奇妙な〈無頓着さ〉。はじめて彼を訪ねるようになったあるときのことを私ははっきりと覚えているが、そのとき彼はヒトラーの目くるめくような数々の欠陥を列挙したあげく、幻視者としてドイツ崩壊のありさまを私に語って聞かせたのである。その微に入り細をうがった描写たるや、たちまち精神錯乱もかくやと思われかねないものだった。それは予見された確実な事実にほかならなかった。

文学にかんして、私はかならずしも彼と好みを同じくしていたわけではなかった。彼は私にユーゴーの『シェイクスピア』を読むようにしつこく勧めたが、この本はほとんど読めた代物ではなく、この本のことを考えると、私には最近アメリカの一批評家が『悲しき熱帯』の文体を特徴づけるために使った言葉、つまり「誇張好きの貴族 (the aristocraty of bombast)」なる言葉が想いうかぶ。この表現は『悲しき熱帯』の場合には不当なものだとしても、印象深いものだ。

これにくらべれば、彼のニーチェに対する偏愛は私にはずっとよく理解できた。ニーチェの短い簡潔な表現、ノヴァーリスのそれとは比較にならぬほど密度の高い表現を彼は愛していたが、ノヴァーリスについては疑問を抱いていた。実のところ、彼が関心を寄せていたのは作者が語ったことよりはむしろ語り得たかも知れぬもの、つまり作者が隠しているものであり、かくして彼はシェストフの方法を、いいかえれば学説の遍歴よりはむしろ魂の遍歴を自分の方法としていたのである。極端な事例、ある種の感受性がみせる魅惑的な内奥、こういうものにまたとなく敏感であった彼が、ある日、私にひとりの白系ロシア人の話をしてくれたことがあった。このロシア人は妻に欺かれたものと思い込んで、十八年間黙ってじっと耐えていたが、沈黙の刑苦が何年も続いたあと、とうとう耐えきれずに、ある日、妻と話し合うことになった。話し合いのあと、自分の疑いの一切が間違いであったと確信すると、こんなに長い年月にわたった自分の苦しみはまったく無駄なものであったという想いに耐えられず、即刻隣りの部屋に引きさがるなりピストルで自分の頭蓋をぶち抜いたということだった。

また別のとき、ブカレスト時代の想い出を語っていたとき、彼は私にトゥドール・アルゲージが彼への反論として書いた卑劣な記事を読ませたことがあった。トゥドール・アルゲージは偉大な詩人であったが、それにもまして偉大な論客であり、当時、政治上の理由で獄中にあった。(それは第一次大戦直後のことである)。若かったフォンダーヌはインタヴューのため彼を獄中に訪ねて行った。インタビューへのお返しに、じいさんは遠慮会釈なくフォンダーヌの風刺肖像を書いたというわけなのだが、その内容たるやまことに卑劣をきわめたもので、私には彼がどうしてこんなものを私に見せる気になれたのかまったく理解に苦しむていのものだった。こういう超然たるところが彼にはあったのだ。……普段は寛大だった彼だが、しかし悟ったと思っているような人間、要するに、それが何であれ何かに宗旨がえをした人間に対してはそうではなかった。彼はボリス・ド・シュレーザーを高く評価していたが、それだけにこのシェストフのみごとな翻訳者がカトリックに改宗したことを知ったときの失望は大きかった。その後、彼の態度は変らなかった。この事件を裏切りに等しいものと思っていたのである。彼にとって探究とはたんなる必然性あるいは強迫観念以上のものであり、絶えざる探究とはひとつの宿命、彼の宿命であり、それはとりわけ彼がイロニーと喘ぎとのあいだにあって休みなくゆれ動き、あるいはいきり立っているときには、言葉を発する仕草のはしばしにさえ看て取ることのできるものであった。彼の言葉を、その巧みな表現を、そして明白なる事実の及ぼす圧力と無益さとに絶えず戦い続けている思考の跳躍を、おのれ自身の矛盾を欲し、結論に達するのを恐れているかのような、あらゆる方向にわたる思考の跳躍を書きとめておかなかった自分を、私は今後つねに責めることになるだろう。

タバコを一本また一本と巻いている彼の姿が目に浮かぶ。すきっ腹で一本のタバコに火をつける快楽、これに若《し》くものはないというのが彼の口癖だった。胃潰瘍を患っていたにもかかわらず、彼はタバコをやめなかった。胃潰瘍の養生はあとでするつもりだといっていたが、その未来について彼は何らの幻影も抱いてはいなかった……彼の友人のなかでももっとも古くからの友人であった女性は、彼女の言葉によれば「彼のあんなにも病的な様子」のために彼を愛することができないのだと、当時私に語ったものである。なるほど、彼の顔には幸運のしるしは見られなかった。けだし、彼のうちにある一切のものは健康や病いを越えていたのであり、健康や病いといったものは彼が乗り越えてきたいくつかの段階にすぎないかのようであった。この点で彼は苦行者に似ていた。しゃべっているときにはその弱さも脆さも忘れさせてしまう驚嘆すべき生気と情熱をもった苦行者に。ところがいったん沈黙すると、何はともあれ自分の運命をつき抜けていた彼が、何かしらぬ哀れなものを、ときには絶望的なものを引きずっているような印象を与えるのだった。イギリスの詩人デイヴィッド・ギャスコイン（彼もまたフォンダーヌとは別の状況のなかで悲劇的運命を迎えねばならなかった）が私に語ったところによれば、彼はシェストフが死んだ日、サン＝ミシェル通りで偶然出会ったフォンダーヌの姿に何か月ものあいだつきまとわれていたということである。もう三十三年も経っているというのに、かくも魅力的な人間が不思議なことにどうしていまだに私の胸に生きつづけているのか、ロラン街六番地の前を通ると、どうしてきまって胸がしめつけられるのか、その理由は容易に理解していただけるだろう。

一九七八年

ボルヘス——フェルナンド・サヴァテルへの手紙

一九七六年十二月十日、パリ

親愛なる友、

去る十一月、パリに御滞在の折、ボルヘスに敬意をもって捧げる一冊の本に寄稿願えまいかとのお尋ねでした。そのときの私の反応は否定的なものでしたが、今度もまた……否定的なものです。大学でさえボルヘスを称賛しているというのに、今さらそんな真似をしたところで何になるでしょうか。承認されるという不運がボルヘスを襲いました。彼はこんな仕打ちなど及びもつかぬ存在でした。もの蔭に、感知できぬもののなかにとどまり、ニュアンスほどにも捕捉しがたく、不人気であること、これこそ彼にふさわしいことであり、またここにこそ彼の棲家がありました。聖別は——作家一般にとって、そしてとりわけ彼のような作家にとっては、懲罰のなかでも最たるものです。あらゆる人間がボルヘスを引き合いに出すようになれば、以後もはや彼を引き合いに出すことはできない。というか、引き合いに出せば、彼の〈称賛者〉の、彼の敵の総量を増やしているような観をぬぐえないのです。何としてでも彼を正しく評価しようと願っている者は、実際には彼の失墜を早めているにすぎないのです。もうやめます。こんな調子で続けていったなら、彼の運命に同情するようになるのが落ちでしょうから。ところで、ボルヘスみずからがこのような運命を招き寄せることに手を貸していると仮定する十分な根拠があります。

別の機会に申し上げたことと思いますが、私がかくまでボルヘスに関心を寄せていましたのは、彼が消滅しつつある人間の見本の代表であり、知的祖国なき定住者の、種々さまざまの文明と文学のなかにあって寛《くつろ》ぐことのできる不動の冒険家の、逆説を体現していたからであり、壮麗にしてかつ呪われた怪物をその身に具現していたからです。ヨーロッパで同じような人物としては、リルケの友人であったルドルフ・カスナーが思いうかびますが、彼は今世紀初頭、イギリスの詩について第一級の著作を出版し（私が英語を学びはじめたのは、今次大戦中この本を読んだからです）、またスターンについて、ゴーゴリについて、キエルケゴールについて、さらにはマグレブやインドについても同じように驚嘆すべき鋭さで語っております。深遠さと学識とは両立しないものです。しかし彼は両者の和解をみごとにやってのけました。一個の普遍的精神、彼に不足しているものといえば、優雅さと魅惑だけでした。ボルヘスの卓越性はまさにこの点にあります。つまり彼こそは、どんなものにも、よしんばこの上なく困難な推論にさえも、微量の触知しがたいもの、捕捉しがたいものを、一片の縁飾りをそえることのできた稀にみる魅惑者なのです。といいますのも、ボルヘスの作品においては一切のものが遊びによって、息をのむ着想と魅惑的な詭弁の舞踏によって変容されるからです。

　ただひとつの文化様式のなかに閉じこもった精神、私はいまだかつてこういう精神に惹かれたことはありません。定住せず、いかなる共同体にも属さぬこと、――これこそ私のモットーでしたし、今でもそうです。別の地平を望んでは、私は絶えず彼方で起こっていることを知ろうと努めて参りました。二十歳になったとき、バルカンには私に与えうるものは何ひとつありませんでした。取るに足りぬ、マイナーな〈文化〉空間のなかに生をうけたということは惨劇であり、利点でもあります。異国人が私の仰ぐ神になりました。さまざまの文学やら哲学やらを遍歴し、それらを一種病的な激しさでむさぼり読みたいとするあの渇望は、ここに原因があります。ヨーロッパの東で見られる事態は、ラテン・アメリカの国々でも見られるに違いありません。そしてこれらの国々を代表する人々は、度しがたい田舎者である西欧人よりはるかに知識もあり、〈教養〉にも富んでいることに私は気づきました。ボルヘスの好奇心に比較しうるほどの好奇心をもっている人間に、私はフランスでもイギリスでもひとりとしてお目にかかったことはありません。これはほとんど偏執にも、悪徳にも等しい好奇心です。いま悪徳といいましたが、けだし、こと芸術と省察にかんしては、どんなにわずかとはいえ背徳の気味のある情熱に転ずることのないものはすべて皮相なものであり、したがって非現実的なものであるからです。

学生だったころ、私はショーペンハウアーの弟子たちに熱中するようになりました。弟子のひとりにフィリップ・マインレンダーという人がおりましたが、彼がとりわけ私の関心を惹きました。彼は『解放の哲学』の著者でしたが、それのみならず私から見れば、自殺に発する輝きをそなえていました。完全に忘れ去られていたこの哲学者に私だけがいまだに関心を寄せていることに私は鼻高々でした。しかし私の探究からしていずれは彼に出会わねばならなかったのですから、こんなことは何ら私の手柄ではなかったのです。後年、マインレンダーをまさしく忘却から引き出しているボルヘスの一文に接したとき、私はどんなに驚いたことでしょう！　こんな例をお話しするのも、このとき以後、私が以前にもまして真剣にボルヘスの条件を考えはじめたからなのです。普遍性を運命づけられ、そこに追いつめられ、アルゼンチンの停滞を回避するためとはいえ、あらゆる方面に自分の精神を行使せざるをえなかった彼の条件を、です。南アメリカ大陸全土の作家たちは、みずからの伝統に麻痺し、おみごとな動脈硬化症から脱出不能になった西ヨーロッパ人にくらべればはるかに開かれており、はるかに生き生きとしてもいれば、またはるかに多様でもありますが、これは南アメリカの虚無のしからしめることなのです。

ボルヘスのなかで私がもっとも好むところのものを知りたいとのことですので、一も二もなくお答えすれば、それは彼がいかにも多様な領域のなかで闊達自在に振舞っていることであり、「永遠回帰」とタンゴとを同じように巧みに語ってのける才能をもっているということです。彼にとって一切のものは、彼がすべての中心であるからには、優劣はありません。普遍的な好奇心は、一切のものがそこに由来し、そこに帰着するところの自我、つまりこの上ない恣意的基準に応じて、専断の主権とも、初めにして終りとも解釈できる自我の絶対的な刻印をおびたものであってはじめて生命力のしるしなのです。これら一切のもののなかに、どこに現実性があるのか。「自我」——至高なるファルス……ボルヘスにおける遊びは、ロマン的イロニーを、幻影の形而上学的探究を、「無限なるもの」との曲芸を想い起こさせます。フリードリッヒ・シュレーゲルは、今日ではパタゴニアを背にしているのです……

繰り返しますが、博覧強記のたたえる微笑と、かくも洗練されたヴィジョンとが一般的な称賛を博し、称賛につきもののあらゆる事態がそこに見てとれるというのは、ただただ嘆かわしいばかりです。……しかし結局のところボルヘスは、ドグマなき、体系なき人間の象徴となりうるかも知れません。

そして私がすすんで賛同するユートピアがあるとすれば、それは各人がボルヘスを、かつてない軽やかな精神のひとりを、〈最後の繊細なる人〉を範と仰ぐようなユートピアであるでしょう。

マリーア・ザンブラーノ――決定的現存

ひとりの女性が哲学に没頭する、するとその瞬間から傲慢にして攻撃的な人間になり、成りあがり者の振舞に及ぶ。尊大であるが、しかしかといって確信があるわけではなく、びくついているのは明らかであって、彼女が自分本来の世界にいないことはいかにも明白なのである。この種の女性の与える不快感が、マリーア・ザンブラーノの前では決して感じられないのはどうしてなのか。私はしばしば自分に問うてみたが、次のように答えられるのではないかと思う。つまり、マリーア・ザンブラーノは自分の魂を「観念」に売り渡したことはなく、「解決不可能なもの」についての経験を、その考察よりも重要視することによって、自分の稀有な本質を守ったのであり、要するに哲学を超越していたのであると……彼女の見るところ、真実なるものは、表現に先立つものか、表現のあとにくるものかにほかならず、表現の足枷から自由な言葉か、あるいは彼女みずからみごとにいってのけているように、言語から解放された言葉（la palabra liberada del lenguaje）にほかならないのである。

　残念ながらきわめて稀にしか出逢えず、それでいて絶えず想いをいたしては、理解したい、すくなくとも推察してみたいと思うような人間がいるものだが、彼女はこういう人間のひとりだ。密かに内部に燃える火、イロニーをたたえた断念につつみ隠されている熱情、マリーア・ザンブラーノにおいては一切のものが他のものに通じており、一切のものが他所を含んでいる、一切のものが。話題はなんであれ彼女と話し合うことができるならば、かならずしも推論の紆余曲折をたどっていなくとも、おそかれはやかれ喫緊の問題へと話題は間違いなく移ってしまうのである。ここに客観性の欠陥などすこしも見られぬ会話のスタイルが生まれるのであり、そして彼女はこのスタイルによって、私たちを私たち自身へ、明確なものではなかった私たちの探究へ、事実上、私たちを当惑させているものへ導くのである。私はカフェ・ド・フロールで、「ユートピア」を調べてみる決心をしたときの瞬間のことをよく覚えている。行きがかりから話題にしていたこの問題について、彼女は私にオルテガの言葉を引き、押しつけがましさも見せずに解説してみせた——その瞬間、私は「黄金時代」への郷愁、あるいは期待について考察してみることを決意したのである。その後、私は一種熱狂的な好奇心をもってその仕事を決意通り実行したが、この好奇心は徐々におとろえ、というかむしろ憤怒に変っていかねばならなかった。それでも、二年ないし三年にわたった読書のもとはといえば、やはりこの会話にあったのである。

私たちの不安を、私たちの探究を推察し、微妙な結果に対して答えを、予想もできぬ決定的な言葉をふともらす才能、彼女ほどこのような才能に恵まれている者がいるだろうか。そして人々が人生の曲り角で、改宗やら、絶交やら、裏切りやらの瀬戸際で、またわが身の破滅ともなりかねぬ、のっぴきならぬ打ち明け話をするときに、彼女に相談にのってもらいたいと思うのは、彼女によって自分をあばき、自分を納得させ、いわば一種の思弁的赦しを与えられて、自分の不純のみならず、自分の立ちいたった袋小路と呆然自失とも和解するためなのである。

ヴァイニンガー――ジャック・ル・リデールへの手紙

一九八二年十二月十六日、パリ

かつてわが偶像とも仰いだ人物について兄《けい》のお書きになった本を読みながら、私にとって一事件であった『性と性格』の読書体験を省みないわけには参りませんでした。それは一九二八年、十七歳のときのことでしたが、当時、ありとあらゆる並はずれたものに、異端邪説のたぐいに飢えていた私は、一思想から好んで最後の帰結を引き出し、厳密さをば常軌逸脱に、挑発に及ぶほどにも過度におしすすめ、憤激に体系の威厳を与えていたものでした。いいかえれば、ニュアンスは別として、私は一切のものに血道をあげていたのです。ヴァイニンガーの著作で私を魅惑したものは、目くるめくばかりの誇大な表現、限界を知らぬ否定、良識の拒否、殺気立った非妥協性、絶対的立場の探究であり、推論をば推論がおのずから自壊し、みずからがその一部であった体系を倒壊せしむるにいたるまでにおしすすめようとする偏執でした。さらにつけ加えれば、犯罪者および癩病患者の妄執であり(特に『終末の事物について』において)、みごとな警句と一方的な破門の崇拝であり、女性の「瑣末事」とのいやそれ以下のしろものとの同一視でした。私はこうした破天荒な主張に一も二もなく賛同しました。この手紙の目的は、私がどんな事情で、前述の「瑣末事」についてのあの極端な主張に与するようになったかを兄にお伝えすることであります。それはまったくもって月並な事情です。とは申せ、数年間というものそれは私の行動を律したのでした。私はまだリセの生徒でした。そして哲学と、ひとりの……これまたリセの女生徒にのぼせあがっていました。肝心なことを申し上げますと、彼女は私と同じ社会階層の人でしたが(トランシルヴァニアのシビウの市民階級)、私は個人的に彼女を知っていたわけではありませんでした。若者にはよくあることですが、私は尊大でもあれば臆病でもありましたが、臆病の方が勝っていました。この責め苦は一年以上も続きましたが、とうとうある日、街の大きな公園で木にもたれて本——どんな本だったのかもう覚えてはいません——を読んでいたとき、頂点に達することになりました。突然、私は笑い声を聞いたのです。振り返って見ると、ほかならぬ「彼女」が私のクラス仲間の一人と連れ立っていました。それも私たち皆から軽蔑され、しらみと呼ばれている男とでした。このとき感じ取ったことは、五十年以上たった今でもよく覚えております。詳細な点は省きます。いずれにせよ、私はそのときただちに〈感情〉とはきっぱり手を切ることを誓いました。こうして私は淫売屋の常連になったのです。この根底的な、そしてまたありふれた幻滅を経験した一年後に、私はヴァイニンガーを発見しました。彼を理解するには願ってもない情況に私はいたのです。女性たちに向かって放たれる、彼の常規を逸したみごとな言葉の数々に私は酔い痴れたものでした。人間以下のしろものに、どうして夢中になれたのか、一個の虚構、肉体をまとった無のために、どうしてこんなに悩み、こんなに苦しまなければならないのか、と私は絶えず反芻しました。そしてついに、ひとりの宿命の人が私の救済に訪れたのでした。けれどもこの救済は、かの宿命の人が排斥していた迷信のなかに私を叩き込むことになるはずでした。といいますのは、私はあの〈淫売のロマン主義〉へ赴いたからです。真面目な人々にはこれは理解しがたいものです。東部ヨーロッパと南東部ヨーロッパの一特徴でもあるのです。いずれにせよ、私は「売春婦」の魅惑のもとで、その温かい庇護に満ちた、母親のようなものでさえある失墜の影のもとで学生生活を送りました。ヴァイニンガーは〈貞淑な〉女性を嫌悪する哲学的理由を私に提供してくれましたが、おかげで私は私の生涯のなかでももっとも熱狂的な、もっとも自尊に満ちあふれていた一時期、〈愛〉から立ち直ることができたのでした。今では、彼の厳しい告発と判決とが私にとってかけがえのないものであるのは、それらがかつての私の狂人ぶりをときに懐かしく思い出させてくれるよすがにしかすぎないからですが、もちろん、こんなことになるとは当時は思ってもいませんでした。

フィッツジェラルド——アメリカ人作家のパスカル的経験

ある種の人間において明晰性とは本源的所与、ひとつの特権、あえていえばひとつの恩寵である。彼らには明晰性を獲得する必要は毫もなければ、それに向かって努力する必要もない。彼らは明晰性を宿命づけられているからだ。彼らがどのような経験をなめるにしろ、経験はあげて彼らにとってのれ自身が透けて見えるように働く。洞察力の発作に見舞われても、彼らはそれに苦しむことはないが、それほど洞察力は彼らの存在を規定しているのだ。たとえ不断の危機のなかに生きているにしても、彼らはこの危機を当然のものとして甘受する。つまり危機は彼らの存在に内在するものなのだ。これにひきかえ他の人間の場合、明晰性はのちになってもたらされたひとつの結果であり、一事件の、あるとき突然出来した内面の裂り目の成果である。それまで心地よい闇のなかに閉じ込められていた彼らは、彼らが自明の事柄と信じていたものに従い、それらを吟味したこともなければ、その虚しさに気づくこともなかった。その彼らが今や迷妄から醒め、わが意に反して認識への道を歩み始め、心構えなどあろうはずもない呼吸困難な真理のなかでよろめき始めるのである。そんなわけで、彼らは自分たちの新しい条件を恩恵と思うどころか、〈打撃〉として感受するのだ。スコット・フィッツジェラルドにはこれらの呼吸困難な真理に立ち向かう準備も、それらを甘受する準備もなかった。だが、これらの真理におのれを順応させようとした彼の努力には悲壮なものがある。

「もちろん、生きることは徐々に崩壊してゆくことだ。私たちをもっとも派手に崩壊させる打撃、外部から突然に襲って来る――というか襲って来るように見える大打撃、つまり自分で覚えていて、一切のものをそれに帰したり、弱気を起こしては友人たちに愚痴ったりするような大打撃があるものだが、こういうものは最初のうちは被害の跡をとどめることはない。ところが、これとは別の打撃、内側から襲って来る打撃があり、気づいてみると何もかも手遅れなのだ。そのとき私たちは、自分はもう二度ともとの自分には戻れない、と決定的に悟らせられてしまうのだ。」

これは華やかな一流行作家の考察ではない。……『楽園のこちら側』、『グレート・ギャッツビィ』、『夜はやさし』、『最後の大君』、フィッツジェラルドがこういう小説を書いただけならば、文学的関心を惹くにとどまっただろう。幸いなことに、彼はまた右にその一例を引いた『壊れる』というような作品の著者でもあり、この作品で彼はおのれの挫折を、彼のかちえた唯一偉大なる成功を書いているのである。

〈文学者として成功を収めること〉、これが若い彼を捉えていたただひとつの強迫観念であった。彼は成功する。名声を、良質の栄光さえ収める。（T・S・エリオットは『グレート・ギャツビィ』をなんと三回読んだ！　と彼に書き送っているが、私たちには理解を絶することだ。）金銭のことが念頭を離れない。つまり彼は金を稼ぎたいのであり、そしてそのことを臆面もなく口にしている。メモにおいても手紙においても、彼は絶えずこの問題に立ち戻っており、私たちの前にいるのが作家なのか、それとも実業家なのかとさにはめんくらうほどである。といっても私が、自分の物質的不如意を告白している書簡を嫌っているわけではない。物質的不如意を巧みに隠蔽したり、詩的な言葉で糊塗したりしているような、至純を気取った書簡などよりこの種の書簡の方がはるかに好ましいものと思っている。しかしそれにしても、語り方というものがあり、口調というものがある。かつてあれほど好ましく思っていたリルケの手紙は、今の私にとって何と血の気のうせたつまらぬものに見えることか！　ここには貧乏についてまわるみみっちさについて一言半句の暗示もないのだ。後世のために書かれたこれらの手紙の〈気品〉には吐気がする。ここでは天使たちは貧乏人と隣り合っている。公爵夫人たちに宛てた手紙で、天使たちについて駄弁を弄することには、何かしら不躾なところが、あるいは計算づくめの素朴さがあるのではあるまいか。純粋な精神を気取ることは、下品とほとんど選ぶところがない。私はリルケの天使などは信じないし、ましてやその貧しさも信じない。あまりに〈上品〉すぎる彼の貧しさにはシニシズムが、貧困というあの塩が欠けている。これに反し、たとえばボードレールやドストエフスキーのような人間の手紙——もっぱら金銭を懇願する人の手紙は、その絶望的な、息たえだえの哀願の口調で私の心を搏つ。彼らが金銭のことを口にするのは、金銭を稼ぐことができず、貧乏に生まれついているからであり、どんな事態になろうと貧乏に変りはないからだと思われる。貧しさは彼らと一心同体なのだ。彼らは成功することなどほとんど望まないが、それというのも成功をかちうるとは思っていないからだ。ところで、フィッツジェラルド、デビュー当時のフィッツジェラルドの場合、私たちを当惑させるのは、彼が成功を願い、かつそれをかちえていることである。だが幸いなことに、彼の成功は、彼がおのれに目覚める前の、二度ともとの自分には戻れまいと悟る前の、ひとつの回り道、彼の意識の一時的な消失にしかすぎまい。

フィッツジェラルドは一九四〇年、四十四歳で死んだ。彼の危機は、ほぼ一九三五年から三六年ころで、『壊れる』(自伝的文章、覚書およびアフォリズムよりなる。ニューヨーク、ニュー・ディレクション出版社から死後刊行)にまとめられる記事を書いていた時期にあたる。これより前、彼の生涯の最大の事件はゼルダとの結婚である。二人はコート・ダジュールでアメリカ人の人工的な生活を送る。のちに彼は自分のヨーロッパ滞在を〈浪費と悲劇の七年〉といっているが、それはみずからを疲弊させ、内面的に自分を涸渇させせんとする密かな欲望に憑かれたように、ありとあらゆる常規を逸したことを経験した七年だった。避けがたい事態が到来する。ゼルダは分裂病になる。そして夫の死後も生き続けたものの、やがて精神病院の火災にまき込まれて死ぬ。彼女について彼はこういっている、「ゼルダはひとりの患者であって、人間ではない」と。おそらく彼は、彼女はただ精神医学の関心しか惹かなかったといいたかったのだ。これに反し、自分の方はひとりの人間、つまり心理学あるいは歴史に属する患者であるということなのだろう。

「かつて私が感じ取った幸福は、しばしば一種のエクスタシーに達して、もっとも親しい人々とさえ分かちあうことのできないほどのものだった。私はそれを静かな街にそって持ち歩き、自分が書いているちょっとした文章のなかに、そのごく些細な断片を醸成させなければならなかった。思うに、幸福になりうる私の才能は例外的なものであった。そこには自然なものは何ひとつなく、アメリカにとっての好況の時代と同じように不自然なものであった。同じように、いま私が経験したことは、栄華の年が去ったあとのアメリカを呑み込んだ、あの絶望の昂まりに等しい。」

自分を〈失われた世代〉の化身と考えたり、自分自身の危機を外的所与にもとづいて解釈するフィッツジェラルドの自己満足ぶりは問うまい。というのも、もしこの危機がある種の情況からのみ生まれたものならば、それは何ら重要なものではないからだ。『壊れる』にみられる啓示は、そのきわめてアメリカ的特質によって、文学の歴史にしか、端的に歴史そのものにしかかかわりをもたない。だが内的な経験としては、それはさまざまの偶発事や国々《コンティナン》を越えたひとつの本質、ある種の激しさをもっているのだ。

「いま私が経験したこと……」。いったいフィッツジェラルドにどんな事態が到来したのか。彼は一切を賭して幸福を願い、第一級の作家たることを切望し、そして成功に陶然となって生きてきた。本来的な意味からいっても比喩的な意味からいっても、彼は睡りのなかに生きていたのである。ところが今や睡りは去り、彼は目覚めはじめる。そして覚醒のなかに見届けたものが彼を恐怖で満たし、一種の千里眼的虚しさが彼を圧倒し、彼を麻痺させる。

　不眠は、私たちにある種の光をもたらすが、私たちは意識的にこの光を望んではいないにしても、無意識裡にこれを目指している。この光を心ならずも、そしてわが意に反して切望しているのだ。この光を通して――そしてみずからの健康を犠牲にして――私たちは他のものを、危険でもあれば有害でもある真実を、睡りが垣間みることを阻んでいた一切のものを探し求めるのである。だが不眠が安逸や虚構から私たちを解放するにしても、それはもっぱら閉ざされた地平をもって私たちの前方を塞ぐためにすぎない。つまり不眠は私たちの袋小路を照らし出すのだ。それは私たちを解放しながら同時に禁圧するのだが、これこそ夜の経験から切り離すことのできない曖昧なところである。フィッツジェラルドはこの経験を無益にも回避しようとするが、それは彼を襲い、彼を圧倒する。彼の精神には、この経験はあまりに深遠なものでありすぎるのだ。彼は神に助けを求めるだろうか。彼は虚偽を忌み嫌っている。とはすなわち、宗教への道は彼にはすべて閉ざされているということだ。夜の世界がいわば一つの絶対として彼の前に立ちはだかっている。形而上学への道も彼には閉ざされている。にもかかわらず彼はこの道を余儀なくされるのだが、どうみても彼はこのような夜を経験するにふさわしい人間ではなかった。

「すると恐怖が嵐のように襲いかかって来る。そしてもし今夜が死後に訪れて来る夜をあらかじめ告げているものならば、またもし彼岸が奈落の淵での絶え間ない震えにすぎず、私たちの内部にある卑劣なもの、堕落したものの一切が私たちを奈落に駆り立て、そしてそこには、私たちよりも前に世界の卑劣さと堕落があるすれば……どんな逃げ道も、出口も、希望もない、あるのはただ下劣さと中途半端の悲劇の無益な繰り返しばかり……あるいは、私たちを生から切り離す敷居を踏み越えることがついにできず、生の境界に永遠に立ちつくすこと。やがて時計が四時を打つころには、私はもはや一個の亡霊にすぎまい。」

実をいえば、神秘家とか偉大な情熱にとり憑かれた人間とかを除けば、フィッツジェラルドの経験した夜にまぎれもなくふさわしい人間などいるものではない。もし信仰ある者ならば、不眠症を願うこともできようが、しかしどんな確信とてないまま、どうして何時間もおのれと面《つら》つき合わせていることができようか。フィッツジェラルドが夜の重要性を認識の機会ないし方法として、認識を豊かにする災厄として見抜くことがなかったといって非難することはできようが、しかしだからといって、彼の不眠の夜の悲劇を感受しないですますわけにはいかない。このとき「下劣さと中途半端な悲劇の無益な繰り返し」は、彼においては神の拒否の結果だったのであり、彼が形而上学の最大の欺瞞の、私たちの夜の至高の虚偽の加担者たりえなかったことの結果だったのである。

「意気銷沈したとき、私たちがすがりつくありふれた手段は、掛値なしの貧困や病いに苦しんでいる人々のことを考えてみることだ。これは落ち込んだときにはだれにでも試みることのできる一種便利な爽快剤であり、昼間なら効き目のある薬である。しかし夜明けの三時にもなると、忘れてきた荷物でさえ死刑宣告にも劣らぬ重大な悲劇にみえてくる。薬は効かなくなる。ところで、魂のまことの夜のなかでは、明けても暮れても永遠に夜明けの三時なのだ。」

昼間の真理は〈魂のまことの夜〉のなかではもはや通用しない。そしてフィッツジェラルドは、この夜を啓示の一源泉として感謝するかわりに、おのれの失墜と同一視し、一切の認識の価値をそこから奪い取ってしまうのである。彼はパスカルの精神をもたずにパスカル的な経験をしているのだ。軽薄な人間の例にもれず、彼もまたおのれの内部に深く参入することを恐れる。だが宿命が彼を内部へ駆り立てる。彼はおのれの存在をその限界にまで押しひろげることを嫌うが、その意に反して限界に達する。彼のたどりついた極限は、ある充実の結果であるどころか、崩壊した精神の表われである。つまりそれは際限を知らぬ亀裂であり、無限の否定的経験なのだ。彼の病いは感受性の源泉そのものにまで及ぶ。この点について、彼を見舞った混乱を解く鍵となる文章で、彼はみずから次のように説明している。

「私はなぜ悲しみに悲しい態度、憂鬱に憂鬱な態度、悲劇に悲劇的な態度をとるようになったのか、なぜ恐怖や同情の対象と自分自身とを今や同一視するようになったのか、この理由を発見するためのまったき静寂、これが私の探し求めている一切のものであった。」

これは重大な文章だ。病者の文章だ。この文章の重要性を把握するために、対比として健全な人間、行動的な人間の振舞いを試みに明確にしてみよう。そのために、わが身に健康を追加してみよう……

私たちは私たちの経験する状態がどんなに矛盾した、どんなに強烈なものであっても、普通ならこれをコントロールし、ついにはこれを無力化することができる。つまり〈健康〉とは、これらの状態に対して一定の距離を保持する能力、私たちの所有する能力にほかならない。バランスのとれた人間なら、つねにおのれの深淵を覆い隠し、あるいはおのれ自身の奈落をたくみにすり抜けることができる。行為の条件たる健康は、自己からの逃走を、おのれ自身からの逃亡を前提としている。対象の幻惑がなければ、真の行為もない。私たちが行動しているとき、私たちの内的状態は、外的世界との関係によってしか意味をもたず、それ自体にはいささかも本質的価値はない。だからこそ私たちはこれをコントロールすることができるのだ。もし悲しい気持ちになるとすれば、私たちは一定の情況、ひとつの出来事、あるいは明白なひとつの現実が原因で悲しくなるのである。

病者の行動はこれとはまったく異なるものである。彼は彼の状態そのものを生きており、悲しみを悲しく、憂鬱を憂鬱に生きているのであり、そして一切の悲劇と一体となり、一切の悲劇を悲劇的に体験するのである。彼は主体にすぎず、他の何ものでもない。彼が自分をその恐怖や同情の対象と同一視するとすれば、これらの対象は彼にとってはおのれ自身の多様な様態にすぎない。病者であるとは、おのれ自身との全的な合一の謂にほかならない。

「歯を磨くとか友人と夕食をともにするとかいったほんの些細な行為すら、私には今や努力を要することだった。……親しい人々に抱いている愛情にしても、実際にそういう気持ちを感じ取っていたのではなく、感じ取ろうと努力していたのであり、外部とのかかわり合いには……もう昔の行為の想い出しか抱いていないことに気づいた。」

ゼルダが体験しなければならなかった現実との乖離が償いがたいものだったとすれば、フィッツジェラルドにとっては、同じことをもっと穏やかなかたちで、つまり文学者にとっての分裂病として経験する機会であった……そのうえ彼は〈自己憐憫〉(self-pity)のエキスパートであったから、それは彼にとっては新しい機会でもあった。彼は〈自己憐憫〉を濫用したからこそ、全的崩壊を免れたのだ。私は何も逆説を弄しているわけではない。自分自身にどんなに過度の憐憫を寄せたところで理性が失われるわけではない。というのも、自分の惨苦に対するこの種の内省は、生命力の警告に、エネルギーの反作用に発するものであると同時に、それはまた私たちの自己保存本能の、哀れな変装の表現でもあるからである。自分自身を憐れんだ者にどんな同情も寄せるには及ばない。彼らは全的崩壊をきたすことは決してあるまい……

フィッツジェラルドは危機を完全に克服することなく危機を生き延びた。にもかかわらず、彼は「一切の努力の虚しさの思いと、奮闘しなければならないとする思いとのあいだに、どうせ失敗に終るという確信と成功の至上命令とのあいだに」均衡を見出したいと願う。彼の考えによれば、このとき彼の存在は「ただ引力によってのみ地上に戻る、虚無の二点間の矢」のように走り続けてゆくだろう。

こういう自尊心の発作は偶発的なものである。本心をいえば、彼は人間たちとのかかわりにおいて、きまりきった生活の逃げ道に立ち戻り、退却したいものと思っていたことであろう。そのために彼は仮面を被ることになる。

「微笑——そうだ、微笑をものにしよう。私はいまもこの仕事を続けている。ホテルの主人、社交界のすれっからしのゴロツキ、賞品授与式の日の校長、黒人のエレベーターボーイ、……新しい家にやって来た看護婦、はじめて裸でポーズをとるモデル、カメラの前につき出されたいい気のエキストラ……こういう人間たちのあらゆる技を微笑に盛り込みたい……」

彼がその危機を介してたどりつかねばならなかったのは絶対的《ミスチック》信仰でもなければ、最後の絶望でも、自殺でもなく、幻滅であった。「私の家の戸口にはいつも〈猛犬注意〉の札がかかっている。けれども私はせめてよくしつけられた動物として振舞うつもりだ。だれかがすこしばかり肉のついた骨を投げれば、私はその人の手までなめるだろう。」彼はイロニーによって自分の人間嫌いをなだめ、自分を見舞った災厄の要約《エコノミイ》にお上品な趣きを盛るには審美家にすぎるのである。彼の軽妙な文体から垣間みえるものは、破滅した生の魅惑とでも呼べるものである。この魅惑を感受できてはじめて人は〈現代的〉である、とさえつけ加えておこう。これはおそらく幻滅した人間のなす反作用、救済の形而上学的背景ないし超越的形式に頼ることができず、甘受した敗北にしがみつくように、自分たちを見舞った病いにうっとりとしてしがみつく、個々の人間のなす反作用である。幻滅とは敗北者の均衡である。そしてフィッツジェラルドが『壊れる』に盛られた酷薄な真実を理解したあとで、成功を求めてハリウッドに赴いたのは敗北者としてなのだ。――またしても成功だが、しかしもはや彼には成功など信ずることはできなかった。パスカル的経験をなめたあとで、シナリオを書くとは！　晩年、彼はただひたすらおのが奈落を危険にさらし、おのれの神経症をおとしめることを願っていたかのようだが、あたかもそれは、彼がその最深部において、みずから経験したばかりの崩壊に自分がふさわしい人間ではないと感じ取っていたかのようである。ある日、彼は「私は挫折の権威をもって語る」といった。ただし、彼は時とともにこの挫折の品位を損ない、その一切の精神的価値を失わせてしまうのである。これもしかし驚くにはあたるまい。というのも〈魂のまことの夜〉のなかで、彼は英雄というよりはむしろ犠牲者として苦闘しているのだから。この間の消息は、おのが惨劇をばもっぱら心理学的関係でのみ生きている者についてはすべて同断であり、彼らは戦いを挑むべきかあるいは屈服しなければならぬ外部の絶対を認識することができず、際限もなくおのれの内部に沈淪しては、結局のところみずから垣間みた真理のもとに細々と生きているのである。繰り返せば、彼らは幻滅した人間である。なぜならば、災厄に見舞われたあとの退却たる幻滅は、不幸によって崩壊することもなく、また不幸を最後まで耐えてそれを克服することもできぬ人間の特徴であるからである。幻滅とは実体に祭り上げられた〈擬似悲劇〉だ。そしてフィッツジェラルドがみずからの惨劇に比肩しうる存在でなかったからには、彼をすぐれた不安者のひとりに数えることはできまい。彼が私たちに提示する関心は、彼が経験した不安の大きさと彼の能力不足との、まさしくあの不均衡のうちにある。

キエルケゴール、ドストエフスキー、ニーチェ、こういう人間は彼らの眩暈としてのその固有の経験を凌駕しているが、それというのも、彼らはわが身に〈出来した〉もの以上の価値があるからだ。彼らにあっては運命が生に先行している。フィッツジェラルドの場合はそうではない。彼の生存は、生存の発見にかかわるものに劣っている。生涯の絶頂に達したとき、彼がそこに見届けたものはひとつの災厄にしかすぎず、彼はそこからさまざまの啓示を導き出しているにもかかわらず、その災厄で自分を慰めているわけではない。『壊れる』は一小説家の〈地獄の季節〉だ。といっても、それ自体圧倒的な証言の重要性を過小に評価するつもりはすこしもない。ただひたすら小説家になることを願った小説家がひとつの危機を経験したが、その危機は一定の期間、彼を文学のもろもろの虚偽の外に投げ出す。彼はいくつかの真実に目醒めるが、それらの真実が彼の確信を、精神の睡りを揺り醒ます。睡りこそ必須のものである文学の世界にあってこれは稀有な事件であったが、フィッツジェラルドの場合、この事件の真の意味はかならずしも捉えられたわけではなかった。かくして、彼を賛美する者たちは彼がおのれの挫折にこだわり、それを詮索し反芻したためにその文学的生涯を台無しにしてしまったことを嘆くのだ。これに反し私たちは、彼がこの挫折に十分忠実ではなかったことを、それを十分に究めもしなければ利用もしなかったことを嘆くのである。文学か〈魂のまことの夜〉かいずれとも決しかねるとは、二流の精神の属性である。

一九五五年

グイード・チェロネッティ――肉体の地獄

出版社への手紙

一九八三年三月七日　パリ

拝復、この『肉体の沈黙』の作者はどんな人間かとのお問い合わせですが、このような好奇心をお持ちになるのももっともなことと思われます。何しろこの作品を読めば、こういう作品を構想した驚くべき怪物について片時たりと疑念を抱かないわけには参らないからです。打ち明けて申せば、私は彼が一時パリに滞在していたときに逢っただけです。もっとも電話や手紙ではしばしば連絡を取っておりますし、また間接的に、彼におとらぬ並はずれたひとりの人間を介して連絡を取っております。その並はずれた人間というのは、幾分かは彼自身の育てた十九歳になるイタリア娘ですが、二年前、彼女はパリに来て数か月滞在しておりました。年齢の割には驚くほど精神的に円熟している一方で、小娘らしい、さらには子供らしい振舞をよく見せたものでしたが、一種天才的な鋭敏さと天真爛漫さとをこうして二つながら兼ね具えている点で、一瞬たりとも忘れ去ることのできない存在でした。彼女は私たち人間の生を深く理解していました。彼女はまぎれもないひとつの現存、——突然、恐怖に見舞われた妖精であり、この恐怖で彼女の不幸は募りましたが同時にその魅力も増すのでした。彼女はグィードの想念と懸念のなかにさらに確固として現存していました。もちろんここで詳細にわたるわけには参りませんが、といって隠し立てすべきみだらなことが、あるいは疑わしいことがあるわけではありません。雨模様の十一月のある日の午後、リュクサンブール公園で見かけた二人の姿が昨日のことのように想い浮かびます。彼は青ざめ、暗くうち拉《ひし》がれた様子で前かがみで歩いていましたが、その彼のあとを、取り乱した、うつつともつかぬ彼女が小走りに追ってゆくのでした。二人の姿に気づくと、私はすぐ木陰に身を隠しました。前日、彼から一通の手紙を受け取っていましたが、それはかつて私が受け取った手紙のなかではもっとも悲痛なものでした。人気のない公園への彼らのだしぬけの出現は、苦悩と悲嘆の印象を私に残しましたが、この印象は長いあいだ私につきまとって離れませんでした。いい忘れましたが、最初に出会ったときから、彼の、どこの者、どこの土地の者でもないといった様子、この世への流謫《るたく》を運命づけられているといった様子に接して、私はすぐムイシュキン公爵のことを考えました。（それに、くだんの手紙には一種のドストエフスキー調がありました。）彼女にとって彼は非のうちどころのない人間でした。彼女があらゆる人間に向けて放つ壊滅的な判断を免れていたのはひとり彼だけでした。彼の菜食主義のファナチズムに、彼女は全面的に与しました。人並みの食事を摂らぬことは人並みの思考をしないこと以上に重大なことです。グイードの食餌上の原則、というよりドクマは厳格をきわめたものであって、禁欲の手引書でさえ貪食と放蕩への教唆と思われかねないほどです。かくいう私自身も食餌療法の偏執者ですが、それでも二人にくらべれば食人種に見えかねないでしょう。人並みの食事を摂らないのですから、養生ともなれば、人との相違は一段ときわだったものになります。グイードが薬局に入って行く姿など想像できません。ある日、彼はローマから電話をかけてきて、若いヴェトナム人が経営している自然食品の店で日本のサトイモを買ってもらえまいかといって参りました。関節症にとても効き目があるらしいというのです。彼の言葉を信ずれば、このサトイモを関節に塗れば痛みはたちまち消えてしまうということです。彼は現代の世界が獲得した一切のものに嫌悪を抱き、また一切のものに衝撃を受けていますが、健康でさえ、もしそれが化学の恩恵によるものであれば例外ではないのです。にもかかわらず、異論の余地なく純粋さへの要請から生まれた彼の本は、醜悪なるものへ寄せる否定しがたい嗜好の存在を証し立てています。いわば彼は地獄に、肉体の地獄に魅せられた隠者のようです。自分の肉体のもろもろの器官を感じ取り、強迫観念になるほどそれを意識すること、これはもうまぎれもなく衰えた健康の、あえていえば死に瀕した健康のしるしです。一個の屍体を引きずっていなければならぬという不運こそ、この本のテーマそのものです。最初から最後までここに繰りひろげられているのは、私たちを恐怖で満たす数々の生理学上の秘密です。作者が産婦人科学にかんする古代および現代の概論書をかくもおびただしく読破した勇気に私たちは感嘆しますが、実のところこれは、どんな豪の好色家の勇気さえつねに挫きかねない恐ろしい読書なのです。さまざまの化膿をのぞき見る窃視者のヒロイズム、月経という至高のアンチ・ポエジーによって、あらゆる種類の出血およびなじみ深い臭気によって、快楽の悪臭ふんぷんたる世界によって掻き立てられたある種の好奇心——「……生理的機能の悲劇」。「もっとも多くの臭いを発する肉体の局部は、もっとも多くの魂を閉じ込めている局部だ。」「……魂の一切の排泄物、精神の一切の病い、生の一切の汚れ、私たちはこれを愛と呼んでいる。」

『肉体の沈黙』を読みながら私はすくなからぬ箇所でユイスマンスのことを、なかんずく彼の書いたスヒーダムの聖女リドヴィナの伝記のことを考えました。本質的な点は措き、聖性とは肉体のさまざまの器官の錯乱に、一連の異常に、限りなく多様な変調に依存するものであり、そしてこれは一切の深遠なもの、強烈なもの、唯一かけがえのないものについての真実なのです。恥ずべき土台があればこそ内的過剰があるのであり、どんなに崇高なエクスタシーでもある面では生々しいエクスタシーを想起させるものなのです。

グイードは博識の人をよそおった変調・錯乱の偏愛者なのでしょうか。ときには私もそう考えますが、しかし心底そう思っているわけではありません。といいますのも、彼が腐敗したものに目がないのは明らかだとしても、逆にまた旧約聖書の幻視的な、あるいは絶望した知恵にみられる純粋なものにも同じように心をそそられているからです。彼は『ヨブ記』の、『伝道の書』の、『イザヤ書』の訳者、それもみごとな訳者ではなかったでしょうか。ここでは彼はもう悪臭と恐怖のなかではなく、嘆きと叫びのなかにいます。つまりここにいるのは、ある深い必然性とおのれの気質にうながされて精神のさまざまの異次元に生きているひとりの人間です。彼のもっとも新しい本『見せかけの生』(*La Vita apparente*, Editions Adelphi, Milan) は、これらの相矛盾した欲望と、今日的なものでもあれば時代を越えたものでもある関心とをはっきりと示しています。彼の作品においてことのほか人々に好まれるのは、彼自身の挫折の告白です。「私は落伍した禁欲者だ」と、彼はいささか困惑して打ち明けています。これは神の授けた挫折です。なぜなら、私たちは自分を落伍した禁欲者と思い、まぎれもなく迷える者 (perduta gente) のひとりと思っているに違いないからです。もし彼が救済へ向かって決定的な一歩を踏み出していたならば (彼の修道士姿は実に彷彿と思い浮かびます)、私たちは欠点やら癖やら気まぐれやらをふんだんにそなえたひとりの心やさしい友を、哀愁をおびた抑揚のある声が、まぎれもなく有罪を宣告された世界に対するそのヴィジョンにしっくり調和している友を失うことになったでしょう。彼の言葉を引いておきます。「みごもった女がたちまち流産することもなく、どうして新聞を読むことができようか。」「人間の面貌に怖気おののく者たちをどうして異常者と断じ、精神病者と断じることができようか。」

彼が経験しなければならなかった試練がどんなものであったかという御質問にはお答えすることはできないでしょう。私に申し上げられることは、彼の与える印象は傷ついた人間の印象であるということだけですが、幻想を抱く才能を禁じられたすべての者たちと同じように、という言葉をつけ加えたい気持があります。

彼に会うことを恐れることはありません。あらゆる人間のなかでもっとも耐えやすい者、それは人間を嫌悪している者です。人間嫌いを決して避けてはなりません。

この世の女《ひと》ならず……

彼女に逢ったのはわずかに一度、ただそれだけのことだが、しかし並はずれた異常なものは時間の用語ではかれるものではない。私は彼女の放心しとまどった様子に、そのつぶやきに（彼女は口をきかなかった）、その不安そうな身のこなしに、人も物も眼中にないその眼差しに、愛らしい幽霊のようなその姿にたちまち魅惑された。「君はだれなの。どこから来たの？」と、単刀直入に尋ねてみたかった。しかし尋ねたところで彼女には答えられなかったであろう。そんなにまで彼女はその神秘とひとつになっていたのであり、というか神秘を裏切りたくないと思っていたのである。彼女がどう自分を納得させて呼吸しているのか、どこをどうふみ迷って呼吸の魔力に屈することになったのか、私たち人間のなかに何を探しているのか、これは決してだれにも分かるまい。確かなことは彼女がこの世の人間ではなかったということ、そして彼女が私たちと失墜をともにしているのもただ礼儀上のこと、あるいは何らかの病的好奇心にかられてのことにすぎないということだった。彼女を前にしたときに覚える感情に似た感情を抱かせることができるのは、天使か不治の病者だけだ。すなわち幻惑、超自然の不安！

彼女に逢ったその瞬間から、私は彼女の内気の虜になった。それは二つとない、忘れがたい内気であり、そのため彼女は、秘密の神に仕えるやつれはてた巫女のように、さもなければエクスタシーへの憧憬に、あるいはその濫用に気はふれ、二度と現実に目覚めることのない狂信者のように見えるのだった。

山ほどの財産を与えられ、人並みに満ち足りてはいたが、にもかかわらず彼女は一切のものを奪われ、理想の乞食の境遇すれすれのところに身をおき、知覚不可能なもののただなかでおのが窮乏をさやく運命にあるかのようだった。それに彼女にとって沈黙が魂にかかわるものであり、困惑が世界にかかわるものだとすれば、彼女は何を所有し、何を語ることができたであろうか。そして彼女から連想できるものは、ロザノフが語っている、あの月の光の被造物ではなかったか。彼女に想いをはせればはせるほど、彼女のことを時代の好みや見解に従って考えることがますますむずかしくなる。一種の時代離れした呪いが彼女にのしかかっていた。幸いなことに、彼女の魅惑そのものは過去に登録ずみだった。彼女は他所《よそ》に、別の時代に、ハワースの荒地のなか、霧と悲しみにつつまれて、ブロンテ姉妹のかたわらに生を享けるべきだったのだ……

人間の面貌を見抜くことのできる人は、彼女が生きながろうべくもないことを、歳月という悪夢から免れうることを難なくその顔に読み取っていた。生きながらにして、あれほど生とのなれ合いを示すことのなかった彼女であればこそ、彼女の姿を目にすれば二度と再び逢えぬものと思わないではいられなかったのだ。永訣は彼女の本質のしるし、法則であり、その宿命の輝きであり、彼女の地上滞在の刻印であった。だからこそ彼女は、厚かましさからではなく不可視なものとの連帯から永訣をあたかも光輪のようにその身にまとっていたのである。

告白摘録

一触即発の状態、熱にうかされ痙攣に震え、呆然自失が熱狂に、罵詈雑言が平手打ちに、殴打にとってかわる仕返しの気分にあるとき、私が書きたいと思うのはこういう事態に見舞われたときだけだ。それは普通こんなふうに始まる。まずかすかな震えが走り、それが、侮辱されながら口答えもできなかったあとのように、徐々に強くなってくる。書くことはおそまきの反駁か、さもなければ延期された攻撃に相当する。つまり私は行為に及ばぬために、危機を回避するために書くのだ。表現とは解放であり、恥辱を解消できぬ者の、自分の同類や自分自身に言葉で叛逆する者の間接的な仕返しである。憤怒とは精神の運動というよりはむしろ文学的なものであり、インスピレーションの原動力そのものである。しからば知恵とは何か。それは憤怒とはまさに正反対のものだ。私たちが内部にかかえている賢者は、私たちの一切の衝動の息の根を止める。それは私たちの力を挫き、私たちを麻痺させ、私たちの内部の狂人をつけねらってはその気持ちを鎮め、その存在を危殆におとし入れては面目を失墜させる怠業者である。しからばインスピレーションはどうか。それは突然に襲ってくる均衡の破綻、おのれを肯定し、あるいはおのれを破壊せんとする名状しがたい快楽である。平熱のとき、私はただの一行も書いたことはない。にもかかわらず、私は長いあいだ自分を欠陥を免れたただひとりの人間と考えてきた。この自負は私には有益なものだった。なぜなら、この自負ゆえに私は紙をよごすことができたからだ。実際、私の錯乱がおさまり、数々の直感やら真実やらの源泉たるあの発熱状態にとって有害でもあれば致命的でもある節度の犠牲となったとき、私の創造は杜絶した。私に創造が可能なのは、徒労感が突然私を見捨て、私が自分を始まりにして終りであると考えるそういうときだけである。

書くこととは一種の挑戦、現実のたくみな曲解であり、この曲解により私たちは存在しているものを、そして存在しているように見えるものを越《い》えるのである。神と競い合い、のみならず言語というただひとつの力によって神を凌駕すること、これこそは作家の——おのれの生まれついての条件を逸脱し、壮麗な、つねに驚くべき、ときには忌まわしい眩暈にうつつをぬかし、引き裂かれていながら思いあがった、あのうさんくさい人間の典型の勲《いさお》なのである。言葉以上にくだらないものはないが、にもかかわらず私たちは言葉によって幸福感に、窮極の解放に登りつめるのであり、私たちの孤独はそこでは完璧であり、どんな抑圧感すら存在しないのである。言葉によって、脆さの象徴そのものによってかちえられた至高なるもの！　不思議なことに、至高なるものはイロニーによってもまたかちうることができるが、ただしその場合には、イロニーがその解体作業をとことんおしすすめた結果、逆に神の戦慄を与えることになるという条件がつく。裏返しのエクスタシーの原動力としての言葉……真に強烈なるものはいずれも例外なく天国および地獄の性質をおびているが、しかし私たちには天国は垣間みることしかできないのに、後者すなわち地獄は、幸いにもこれを知覚するにとどまらず感受していているという相違がある。

作家が独占している顕著な利点はまだある。すなわち自分の危険を厄介払いするという利点だ。もし私にページを汚す能力がなかったら、私がどんな人間になっていたか知れたものではない。書くことはうらみつらみを晴らすことであり、おのれの秘密を吐き出すことだ。作家とは、言葉というこの虚構を自分を癒すために使う狂人だ。実体とてはないこの薬で何と多くの不快感に、有害な発作に私は打ち勝つことができたことか！

書くことは飽きのくる悪癖である。実をいえば、私はだんだんものを書かなくなっている。おそらくはもう何も書かなくなり、他人たちとの、そして自分自身とのあの戦いにもう何の魅力も覚えなくなってしまうだろう。

どんなつまらぬ相手であれ、ともかくもひとりの人間に戦いをいどむとき、一種の充実感を感ずるものだが、この感じにはいささか傲慢さがつきまとっている。さらに奇怪なことは、自分が敬服している人物に言及したときの、あの優越感だ。文章のただなかにありながら、なんとやすやすと自分が世界の中心であると思い込むことか！　書くことと崇拝することとは両立しない。すなわち神について語ることは、望むと望まざるとにかかわらず、神を見下すことだ。書くことは、できそこないの「創造」に対する被造物の復讐であり、回答である。

旧著再読

『崩壊概論』はパウル・ツェラーンの独訳により、一九五三年、ローヴォルト書店から刊行された。八年前、クレット・コッタ書店で再版されたとき、「アクツエンテ」誌の編集長から同誌の読者へ本書の紹介を依頼された。次の文章は以上のような理由で書かれたものである。

三十年以上も前に書いた本書を再読しながら、私は当時の自分に再会をはたそうとしてみるのですが、すくなくとも部分的とはいえ、それは私の手をすり抜け、捉えられません。当時、私が神とも仰いでいた人物はシェイクスピアとシェリーでした。シェイクスピアは相変らず読んでいますが、シェリーを読むことは今は稀です。シェリーの名を引き合いに出すのは、私がどんな詩に毒されていたかを示すためです。熱狂的なリリシズムが私の傾向に合っていたのでした。その痕跡は、残念ながら当時の私のすべての試みのなかに見てとれます。「エピサイキディオン」のような詩篇を今ではだれが読むでしょうか。ともあれ私は、この詩篇をうっとりとなって読んでいたのでした。シェリーのヒステリックなプラトニズムには不快を覚えます。そして今では、どんなかたちを取るにしろそんな感情の吐露よりは、簡潔さ、厳密さ、意図的な冷ややかさの方がずっと好ましいと思っています。私のものの見方は根本的には変りませんでした。確かに変ったものといえば、語り口です。思想の根本がまぎれもなく変るなどということは稀有なことです。これに反し、変容を余儀なくされるのはいい廻しであり、外観であり、リズムです。老いるに従って、私は詩が私にとってますます不必要なものであることに気づきました。私たちが詩を好むのは生命力の過剰にかかわりがあるのでしょうか。簡潔な表現、無愛想な表現、こういったものへの私の偏愛ぶりはますます強くなり、感情の激発など捨ててかえりみなくなりましたが、これには疲労が大いにあずかっているに違いありません。ところで、『概論』は感情の激発でした。これを書きながら、私はある種の抑圧感から解放されるのを覚えましたが、この抑圧感を抱いてはとても長くは生きられなかったでしょう。だから呼吸し、爆発しなければならなかったのです。私は人間というよりはむしろ存在としての存在について決定的な説明の必要を感じていましたから、よしんばだれが勝利を収めるかを見届ける結果にしかならないにしても、存在に奇妙な戦いをいどむことは私の気に入ったことだったでしょう。正直に申しましょう。私は私が勝つことを、存在が勝つはずのないことをほとんど確信していたのです。存在を最後の砦にまで追いつめ押し込め、狂気じみた推論と、マクベスあるいはキリーロフばりの言葉でもって存在を無と化すること、これが私の野望であり、決意であり、夢であり、私の一瞬一瞬の計画でした。最初の章のひとつには反・予言者という題がついています。事実、私は予言者として振舞い、ひとつの使命を、お望みとあらば破壊的な、しかしそれでも使命にはかわりのない使命を自分に与えていました。予言者どもを攻撃しながら、私は自分自身を、……そして神を攻撃していたのでした。当時の私の原則によれば、かかずろうべきものは神と自分だけでした。ここに最後通牒（最後通牒というものは本来簡潔なものであるべきでしょうが、それとはさまことなり冗漫で、散漫で、執拗な）の、あの激越一点ばりの調子が、天と地上への、神と神の代用品への、要するに一切のものへの督促が生まれたのです。この本の狂おしい憤怒のページに、ひとかけらの節度を、達観した無私の考察を、容認やら休息を、笑みをたたえた諦観やらを探し求めても詮ないことでしょう。ここでは私の若年期の狂気と爆発とが、否定という抑えがたい快楽ともども、その頂点に達しています。否定という行為のなかでつねに私を捉えていたものは、あらゆるもの、あらゆる人間に取ってかわり、一種の造物主になりうるという力であり、あたかも自分がこの世界の出現に力を貸し、やがてその壊滅を早める権利を、あえていえば義務をもっているかのように、世界を意のままになしうるという力です。否定精神の直接の結果たる破壊は、ある根深い本能に、嫉妬のあるかたちに見合うものであり、この嫉妬は、もろもろの生き物の始祖に対して、始祖が表象しかつ象徴するその地位と観念に対して、私たちだれもがおそらく心底深く感じ取っているものです。私は神秘家たちを愛読してきましたが、しかし所詮それも無駄であって、内心ではいつも「悪魔」に与していました。力において「悪魔」には比肩しうべくもなかったものですから、すくなくとも傲慢さにおいて、辛辣さにおいて、そして恣意とむら気とにおいて「悪魔」と肩を並べようとしたのでした。

『概論』のスペイン語訳が出版されてのち、二人のアンダルシアの学生が〈根拠〉（fundamentación）なしに生きることが可能かどうか問い合わせてきました。私は彼らに答えました。強固な土台をどこにも見つけだせなかったにもかかわらず、私が生きながらえることができたのは事実であると。といいますのも、人は年とともに一切のものに、眩暈にさえ慣れてしまうからです。それに、絶対的明晰性というものは呼吸とは両立しえないものですから、絶えず目をみひらき、自分を問い続けるわけにはいかないのです。もし自分の知っていることを絶えず意識し、例えば根拠の欠如感がつきまとって離れず、また同時に強烈なものであるならば、人は自殺して果てるか、白痴になってしまうでしょう。私たちはある種の真実を忘れてしまう瞬間があるものですが、こういう瞬間があればこそ私たちは存在しているのであり、この忘却の瞬間に私たちはエネルギーを蓄積し、このエネルギーでもってくだんの真実に立ち向かうことができるのです。自分には二束三文の価値もないと思うとき、私は次のように考えて自信を取り戻します。すなわち、結局のところ俺は存在に、というか存在の外観のなかに踏みとどまることができたが、それでいてほとんどだれも容認することのできない、事物に対するある種の知覚を失うことはなかったのだと。数人のフランスの若者の断言によれば、彼らをもっとも強く捉えた章は、あの耐えがたきもののエッセンスともいうべき「自動人形」の章でした。自分の反芻に屈しなかったからには、私は私なりに闘士であるに違いありません。

また二人の学生は、なぜ私が書き続け、本を出すのをやめないのかと尋ねました。人はだれでも夭折の幸運に恵まれているわけではない――これが私の答えでした。私は『絶望のきわみで』という大袈裟な表題の最初の本を、二度と再び書くような真似はしまいと誓いながら、二十一歳のときルーマニア語で書きました。次いでまた同じ誓いを立てながら、また同じ愚を犯しました。喜劇は四十年以上にわたって繰り返されました。なぜか。書くことは、それがどんなに取るに足りぬものであれ、一年また一年と生きながらえる助けになったからであり、さまざまの妄執も表現されてしまえば弱められ、ほとんど克服されてしまうからです。書くことは途方もない救済です。本を出すこともまた然り。

出版された一冊の本、それは私たちにとって外的なものと化した私たちの生であり、あるいは生の一部であり、もうそれは私たちのものでも、私たちを疲労困憊させるものでもありません。表現は私たちを弱め貧しくし、私たち自身の重荷を私たちから取り除く。それは実体の喪失、解放であり、私たちを空《から》にしてくれるがゆえに、私たちを救い、手足まといになる過剰なものを取り払ってくれるのです。だれかある人間を厄介払いしたいと思うほど憎んでいるなら、一片の紙を取り上げ、そこに×のバカ野郎、悪党め、怪物め、と何回も書きつけることです。そうすれば、たちまち憎しみはやわらぎ、もう復讐のことなど念頭にないことに気づくでしょう。私が自分自身に対して、そして人々に対してやってきたことはほぼこういうことです。私は『概論』を私の最底部から引き出しましたが、それは生を、私自身を罵倒するためでした。その結果は？　生をよりよく耐えたように、自分の存在によりよく耐えることができました。人はそれなりにわが身を労《いたわ》るものです。

この本の初稿は、一九四七年、一気呵成に書かれた。そして表題は「否定的訓練」というものでした。私はそれをひとりの友人に見せましたが、数日後、彼は「全部書きなおす必要があるよ」といって私に返しました。私は彼の忠告にひどく腹を立てましたが、しかし、その忠告には従いました。実際、私はこの本を四回書き直しましたが、それというのも、どうしてもこの本が外国人の手になったものとは思われたくなかったからです。私が切望していたのは、ほかでもない土着の人間たちと張り合うことでした。こういう傲慢さはどこに由来するものだったのでしょうか。私の両親はルーマニア語とハンガリー語、それにわずかばかりのドイツ語を知るのみで、フランス語といえばボンジュールとメルシしか知りませんでした。トランシルヴァニア人のほとんどがそんなものでした。一九二九年、どうということもない勉学のためにブカレストへ行ったとき、私はブカレストの知識人の大半が流暢にフランス語をしゃべっていることを知りました。フランス語をただ読むだけだった私が、いつまでも消えるべくもないある種の憤怒を抱くようになったのはこのためですが、この憤怒は、別のかたちとはいえ今でも消えておりません。というのも、パリに来てからというもの、私は自分のヴァラキア風のアクセントを決して捨て去ることはできなかったからです。そんなわけで、土着の人間のようにしゃべれないなら、すくなくとも書くことはやつらなみにやってみよう、というのが私の無意識の理屈だったに違いありません。そうでないとしたら、彼らなみに、いや身のほど知らぬうぬぼれというものでしょうが、彼ら以上にうまく書こうとする私の執着をどう説明したらよいでしょうか。

私たちが自分を主張し、自分の同胞たちと対決し、可能とあらば彼らを凌駕せんとして発揮する努力には、さもしい、口に出してはいえぬ理由、したがって強力な理由があります。これに反し、無私の意志に発する高貴な決意は、力に欠けることは避けがたく、私たちは後悔するにしろしないにしろ、たちまちこんな決意は捨て去ってしまうものです。私たちに抜きんでているものがあるとすれば、それは例外なくうさんくさい、うろんな源泉に、私たちの事実上の深部に由来するものなのです。

さらに次のようなこともあります。私はフランス語を除き、他のどんな国語でもよいから選ぶべきであったのかも知れません。なぜなら、私にはフランス語の上品な表情はなじみがたく、それは私の性質、私の放埓、私の真の自我、私固有の惨苦の対極にあるものだからです。その硬直、その上品な束縛の総和によって、フランス語は私には禁欲の訓練のようにも、というよりむしろ拘束衣とサロンの混淆のようにも見えるのです。ところで、ニューヨークに住む偉大な学者エルウィン・シャルガフ（パウル・ツェラーン同様、彼もチェルノフツィの生まれです）が、ある日、私に打ち明けていうには、彼にとって存在するに値するものはフランス語で表現されたものだけだったということでしたが、これを聞いたとき私は欣喜雀躍したものでした。かくまで私がフランス語に執着するのは、まさしくこの両立不可能性のゆえなのです。

フランス語が凋落の一途をたどりつつある現在、何よりも悲しく思うのは、フランス人がこの事実を一向に苦にしているようには見えないのを知ることです。そしてフランス語が波間に沈んでゆくのを目のあたりにして悲嘆に暮れているのが、ほかならぬバルカン人の屑たるこの私なのです。ままよ、フランス語とともに沈んでいこう、悲しみを抱いて!

訳者あとがき

本書は、シオランのエッセー集、E. M. Cioran : *Exercices d'Admiration—essais et portraits*, Gallimard, 1986. の翻訳であるが、何はともあれ大急ぎでお断りしておかなければならないことがある。

原著にはここに訳出したもののほかに、ジョゼフ・ド・メーストルおよびポール・ヴァレリーについての論考が収録されている。この二篇の論考は、内容からいっても分量からいっても原著中もっとも力のこもったものであり、いずれも一筋縄ではいかない思想家を相手に、シオランの思想的格闘の跡をなまなましくとどめたものであるが、周知のようにこの二篇については、すでにそれぞれ優れた訳者による邦訳が行われており（国文社刊『深淵の鍵』所収）、今さら屋上屋を架するの愚をおかすこともあるまいとの判断から、著者の了解を得たうえで、本訳書からは割愛したということである。

もうひとつ、本書には原著にはない二篇の論考が追加・訳出されているということである。すなわち、本書巻頭の二篇がそれであり、これらは割愛した二篇にかわるものとして、著者からタイプ原稿のコピーで訳者宛に送られてきたものである。そのひとつのヴァレリー論は、御覧のように〈論〉というにはいかにも短いものであるが、しかし読みくらべてみると、論旨において割愛した論考と大きな相違があるようには見受けられない。あるいは後者のためのメモとして未発表のまま筐底に残されていたものかも知れない。もうひとつのガブリエル・マルセル論、これもおそらくフランスでは未発表のものと思われる。もともとこの論考は、アメリカ版のマルセル全集のために書かれたものとのことだが、その後どういうわけか英訳されてある雑誌に発表されたのみで、すくなくとも訳者の知るかぎり、シオランの著作には現在までのところ未収録のものである。

原著の副題「試論《エッセー》と肖像《ポルトレ》」からもお分かりいただけるように、本書は、いわゆる作家論集といったような大袈裟なものではなく、文字通りの人物スケッチ、つまりはアンチームな〈肖像〉である。ところで〈肖像〉といえば、これを愛用した十八世紀フランスのモラリストたちのことがすぐにも思いうかぶが、事実、当時の宮廷社会にうごめく上は王侯貴族から下はいかさまペテン師におよぶ〈紳士・淑女〉たちの生態を活写し、彼らの〈肖像〉を通してひろく人間性一般にまで考察を繰りひろげてみせたのは、〈回想録〉の愛好家たる彼らモラリストたちであり、彼らによって〈肖像〉は、文学上のまぎれもない一ジャンルとしての位置を獲得したといってもいいだろう。十八世紀フランスを酷愛し、モラリストたちの文体を偏愛するシオランにとって、彼らの創出にかかる〈肖像〉は、もっともなじみ深い形式、いわば自家薬籠中の方法といっていいものであろう。そして彼らモラリストの〈肖像〉の対象が、宮廷やサロンを取り巻く〈紳士・淑女〉であり、直接にしろ間接にしろ彼らにとっては知己の人物であったように、ここでシオランの〈肖像〉の対象に取り上げられている人物も、二、三の例外はあるにしても、いずれも知己あるいは友人にあたる人々である。たとえば、マルセルにしろ、ベケットにしろ、ミショーにしろ、あるいは故国を同じくするフォンダーヌにしろエリアーデにしろ、彼らはすくなくとも生涯の一時期をシオランの身近にあって過した人々であり、あるいは現に過しつつある人々である。彼らはあるいは哲学者であり、詩人であり、作家であり、そして学者・批評家であるが、しかし注目すべきは、彼らの学説や作品や詩業がここで正面きって論じられているわけではない。そういうものに執するには、おそらくシオランにとってこれらの人物はあまりに身近にすぎる存在であったのであり、彼らの学説や作品の語る思想という抽象よりは、そういう思想を生きている生ま身の存在にこそ興味をそそられていたのであろう。思うにこれは、〈肖像〉の方法にも、またシオランの思想の生理にもかなっていたはずである。「……考える喜びのために考える抽象的人間の前に、肉体をもった人間が、学問や芸術を越えた、生の不均衡に限定された人間が立っている。私が好きなのは、血と肉のアロマを失わずにいる思想だ。……」これはルーマニア時代に書かれた本にみられる一節だが、ここで〈肖像〉の対象に取りあげられている人物は、いずれも例外なく、この〈生の不均衡に限定された〉人物たちであるといっていいだろう。

ひとつだけ例を挙げるとすれば、たとえばバンジャマン・フォンダーヌ。病魔に、そしてあろうことかゲシュタポに絶えずつけねらわれながら、〈生の不均衡〉につき動かされるままに『ボードレール論』を書き綴っていたこの同国人を語るシオランの筆には、モラリストにつきものの、あの酷薄な人間観察はかげをひそめ、ひとつの宿命にまぎれもなく接したもののみが語りうる深い愛惜がこもっている。注意して読めば、これはひとりフォンダーヌにのみかぎられたことではない。マルセルにしろ、ミショーにしろ、あるいはエリアーデにしろ、シオランが語っているのは、彼らの宿命への愛惜であり、いわば彼らの運命愛への共感である。そういう意味からすれば、この〈肖像〉は、シオランによる友情の書、共感と愛惜の書ともいえるだろう。

もっとも、本書には、この種の〈肖像〉とはやや趣きを異にする一連の文章がある。ひとつは、「旧著再読」に代表されるようなシオラン自身にかかわりのある文章であり、もうひとつは、フィッツジェラルドを論じている文章である。いま前者はおき、後者について触れておけば、シオランのような思想家が、ボードレールやドストエフスキーならまだしも、どう贔屓目にみても、思想的にはもはや過去の人物としか思えないフィッツジェラルドのような作家に関心を寄せていたこと自体、シオランの読者にとっては十分おどろきに値することではなかろうか。だが、作家フィッツジェラルドを論じながら、たとえば世評高い小説『グレート・ギャッツビイ』には目もくれず（エリオットならずとも、これには異論を唱えるむきも多かろう）、もっぱら彼の内面の記録ともいうべき、あの覚書とアフォリズムよりなる作品『壊れる』から、彼を見舞った内面の劇を、パスカルのそれにもひとしい内面の惨劇をかぎわける嗅覚は、モラリストの嗅覚といっていいものであろう。そうだとすれば、シオランはここでもまたモラリストとしてひとつの〈肖像〉を、「二流の精神」の〈肖像〉を描いているのではあるまいか。

表題について一言。原題を直訳すれば、「称賛訓練」となるが、どうにもなじみがたく、やむなく「オマージュの試み」とした。もちろん、窮余の一策である。

最後になったが、今回もまた法政大学出版局の稲義人氏、それに編集担当の松永辰郎氏のお世話になった。記して謝意を表する次第である。

一九八八年五月

金井　裕

《叢書・ウニベルシタス　245》
オマージュの試み

1996年 3月15日　　初版第1刷発行
2021年 8月10日　新装版第1刷発行

E. M. シオラン
金井 裕 訳
発行所　一般財団法人　法政大学出版局
〒102-0071 東京都千代田区富士見 2-17-1
電話03(5214)5540 振替00160-6-95814
印刷：三和印刷　製本：積信堂
装幀：奥定泰之

Printed in Japan

ISBN978-4-588-14061-7

著　者

E. M. シオラン（E. M. Cioran）

1911 年、ルーマニアに生まれる。1931 年、ブカレスト大学文学部卒業。哲学教授資格を取得後、1937 年、パリに留学。以降パリに定住してフランス語で著作を発表。孤独な無国籍者（自称「穴居人」）として、イデオロギーや教義で正当化された文明の虚妄と幻想を徹底的に告発し、人間存在の深奥から、ラディカルな懐疑思想を断章のかたちで展開する。『歴史とユートピア』でコンバ賞受賞。1995 年 6 月 20 日死去。著書：『涙と聖者』（1937）、『崩壊概論』（1949）、『苦渋の三段論法』（1952）、『時間への失墜』（1964）、『生誕の災厄』（1973）、『告白と呪詛』（1987）ほか。

訳　者

金井 裕（かない・ゆう）

1934 年、東京に生まれる。京都大学仏文科卒。訳書：シオラン『絶望のきわみで』、『思想の黄昏』、『敗者の祈禱書』、『欺瞞の書』、『悪しき造物主』、『四つ裂きの刑』、『カイエ 1957–1972』（第 44 回日本翻訳文化賞、第 13 回日仏翻訳文学賞受賞）、『ルーマニアの変容』、カイヨワ『アルペイオスの流れ』ほか。

シオラン／金井 裕訳

（表示価格は税別）

カイエ 1957–1972

既存の思想・神学体系と決別し、生の基本感情の率直な表出によって歴史と文明に対峙してきた孤高の思想家の厖大な未発表ノート。日本翻訳文化賞、日仏翻訳文学賞受賞

27000円

敗者の祈禱書

占領下のパリを彷徨し、己の出自への激しい否定の感情と共に歴史の黄昏を生の根本感情として内面化し、「形而上の流謫者」、「世界市民」としての新たな出発を記す。

2800円

悪しき造物主

パリの遊民として、全世界への呪言を綴る異色のエッセー。異端の神々や仏陀に託して己を語り，空・涅槃・死・救済をめぐって，変幻自在に人間存在への憎悪を語る。

3000円

オマージュの試み

エリアーデ、カイヨワ、ベケット、ボルヘス等々、同時代人たちの肖像。その生身の風貌を友情と愛惜をこめて語りつつ〈窮極的なるものへの情熱〉への共感をつづる。

2400円

ルーマニアの変容

戦前のヒトラー崇拝と反ユダヤ主義的言説により、生前から死後も非難に曝されてきたシオラン。その封印された過去を初めて明るみに出す政治評論。

3800円

異端者シオラン

P・ボロン／金井 裕訳

ファシスト組織〈鉄衛団〉とのかかわりなど、謎につつまれたルーマニア時代の青年期の実像を新資料を発掘して浮彫にした待望の評伝。シオラン思想の中核に迫る。

3800円

シオラン あるいは最後の人間

S・ジョドー／金井 裕訳

既存の思想・神学体系と対決したシオランの主要テーマ――神秘主義、仏教、歴史、音楽、言語――の中核に〈グノーシス〉の思想を探り、その思想の全体像に迫る。

2300円